Os livros-jogos da série Fighting Fantasy:

1. O Feiticeiro da Montanha de Fogo
2. A Cidadela do Caos
3. A Masmorra da Morte
4. Criatura Selvagem
5. A Cidade dos Ladrões
6. A cripta do Feiticeiro
7. A Mansão do Inferno
8. A Floresta da Destruição
9. As Cavernas da Bruxa da Neve
10. Desafio dos Campeões
11. Exércitos da Morte
12. Retorno à Montanha de Fogo
13. A Ilha do Rei Lagarto
14. Encontro Marcado com o M.E.D.O.
15. Nave Espacial *Traveller*
16. A Espada do Samurai
17. Guerreiro das Estradas
18. O Templo do Terror
19. Sangue de Zumbis
20. Ossos Sangrentos
21. Uivo do Lobisomem
22. O Porto do Perigo
23. O Talismã da Morte
24. A Lenda de Zagor
25. A Cripta do Vampiro

Próximo lançamento:

26. Algoz das Tempestades

Visite www.jamboeditora.com.br para saber
mais sobre nossos títulos e acessar conteúdo extra.

KEITH MARTIN
A Cripta do Vampiro

Ilustrado por MARTIN MCKENNA
Traduzido por JOÃO LUCAS FRAGA

Copyright © 1989 por Ian Livingstone e Steve Jackson
Copyright © 1989 por Keith Martin
Copyright das ilustrações © 1989 por Martin McKenna

Fighting Fantasy é uma marca comercial de Steve Jackson e Ian Livingstone. Todos os direitos reservados.

Site oficial da série Fighting Fantasy: www.fightingfantasy.com

CRÉDITOS DA EDIÇÃO BRASILEIRA

Título Original: Vault Of The Vampire
Tradução: João Lucas Fraga
Revisão: Pedro Panhoca
Diagramação: Glauco Lessa
Design da Capa: Samir Machado
Arte da Capa: Mariana Livraes
Tratamento de Imagens: Matheus Tietbohl
Editor: Vinicius Mendes
Editor-Chefe: Guilherme Dei Svaldi

Rua Coronel Genuíno, 209 • Porto Alegre, RS
CEP 90010-350 • Tel (51) 3391-0289
contato@jamboeditora.com.br • www.jamboeditora.com.br

Todos os direitos desta edição reservados à Jambô Editora. É proibida a reprodução total ou parcial, por quaisquer meios existentes ou que venham a ser criados, sem autorização prévia, por escrito, da editora.

1ª edição: Setembro de 2022 | ISBN: 978658863427-1

Dados Internacionais de Catalogação na Publicação

M379c Martin, Keith
A cripta do vampiro/ Keith Martin; ilustrações de Martin McKanna; tradução de João Lucas Fraga. — Porto Alegre: Jambô, 2022.
224p. il.

1. Literatura infanto-juvenil. I. McKane, Martin, II. Fraga, João Lucas. III. Título.

CDU 869.0(81)-311

SUMÁRIO

REGRAS
7

FICHA DE AVENTURA
16

INTRODUÇÃO
19

A CRIPTA DO VAMPIRO
23

REGRAS

Antes de embarcar nesta aventura, você deve primeiro criar seu personagem, rolando os dados para determinar seus valores de Habilidade, Energia, Sorte e Fé.

Anote esses valores na *ficha de aventura* da página 16. Esses valores mudarão de aventura para aventura; por isso, imprima cópias da ficha ou escreva nela a lápis. A ficha está disponível em www.jamboeditora.com.br.

Habilidade, Energia, Sorte e Fé

Role um dado. Adicione 6 a esse número e anote esse total na caixa de Habilidade na *ficha de aventura* (o valor ficará entre 7 e 12).

Role dois dados. Adicione 12 a esse número e anote esse total na caixa de Energia na *ficha de aventura* (o valor ficará entre 14 e 24).

Role um dado. Adicione 6 a esse número e anote esse total na caixa de Sorte na *ficha de aventura* (o valor ficará entre 7 e 12).

Role um dado. Adicione 3 a esse número e anote esse total na caixa de Fé na *ficha de aventura* (o valor ficará entre 4 e 9).

Por motivos que serão explicados a seguir, os valores de Habilidade, Energia e Sorte mudarão constantemente durante a aventura, e o de Fé também pode mudar. Você deve manter um registro preciso desses valores e de suas mudanças: por isso, aconselha-se que você escreva em letras pequenas nas caixas ou mantenha uma borracha por perto, mas nunca apague seus valores *iniciais*. Embora você possa receber pontos adicionais de HABILIDADE, ENERGIA e SORTE, essas adições não podem ultrapassar o seu valor *inicial*, exceto em raras ocasiões em que você será instruído em alguma referência em particular. A Fé *pode* ultrapassar seu valor *inicial* se você encontrar eventos ou itens mágicos que a façam aumentar.

Seu valor de HABILIDADE reflete sua capacidade em esgrima e sua perícia geral em luta; quanto maior, melhor. Seu valor de ENERGIA reflete sua constituição geral, sua vontade de viver, sua determinação, e se você está em forma, e sua capacidade de receber golpes em batalha; quanto maior seu valor de ENERGIA, mais tempo você poderá sobreviver. Seu valor de SORTE indica o quanto você é naturalmente sortudo. Sorte e magia são fatos da vida no excitante mundo fantástico que você irá explorar! Seu valor de FÉ indica a pureza de seu coração e o poder de sua crença nas forças do bem. Um valor de Fé alto permite que você force certas criaturas malignas a fugirem ao sentirem e temerem sua coragem; mas também significa que será mais provável que o percebam e lhe sejam hostis! Aprenderá mais sobre a importância de sua Fé enquanto atravessa a aventura que está diante de você.

Magia

Durante sua aventura, você pode encontrar alguns itens mágicos, embora, no início, possa não percebê-los como tal e nem ter certeza do que eles fazem! Esses itens podem, raramente, lhe dar a capacidade de lançar uma magia. Caso encontre um desses itens, será instruído sobre seu uso na referência em questão. No início, porém, você não é um mago, mas sim um bravo guerreiro, e deve vencer seus inimigos com sua astúcia, e coragem e o uso de sua espada!

Batalhas

Você frequentemente chegará a referências no livro que instruem a você lutar contra uma criatura de algum tipo. Uma opção de fugir pode ser dada, mas, se não for — ou se você escolher atacar a criatura de qualquer forma — deverá resolver a batalha como descrito a seguir.

Primeiro, registre os valores de HABILIDADE e ENERGIA do oponente na primeira Caixa de Encontros com Monstros em branco em sua *ficha de aventura*. Os valores para cada criatura são dados sempre que você tem um encontro. A sequência para o combate então é:

1. Role dois dados para o oponente. Adicione seu valor de HABILIDADE. Este total é a *força de ataque* da criatura.

2. Role dois dados para si mesmo. Adicione seu próprio valor de HABILIDADE para o número rolado. Este total é sua *força de ataque*.

3. Se sua *força de ataque* for maior que a do seu oponente, você o feriu. Vá para a etapa 4. Se a *força de ataque* de seu oponente for maior que a sua, ele o feriu: vá para a etapa 5. Se ambas as *força de ataque* forem iguais, vocês evitaram os golpes um do outro; comecem a próxima *rodada de ataque* da etapa 1, acima.

4. Você feriu a criatura, então subtraia 2 pontos do valor de ENERGIA dela (Você pode usar sua SORTE aqui para causar dano adicional — veja a seguir).

5. A criatura o feriu, então subtraia 2 pontos de seu próprio valor de ENERGIA (Novamente, você pode usar sua SORTE para reduzir o dano que a criatura lhe causa — veja a seguir).

6. Faça as mudanças apropriadas no valor de Energia seu ou do seu oponente (e no seu valor de Sorte se tiver usado a Sorte — veja a seguir).

7. Comece a próxima *rodada de ataque* (repita as etapas 1—6). Essa sequência continua até que a Energia sua ou da criatura que você está enfrentando tiver sido reduzida a zero (morte).

Lutando contra mais de uma criatura

Caso se encontre com mais de um inimigo num encontro em particular, as instruções naquela referência lhe dirão como lidar com a batalha. Às vezes, você terá de enfrentá-los juntos; outras vezes, você só será capaz de enfrentá-los um depois do outro.

Sorte

Em vários momentos durante sua aventura, seja em batalhas ou quando enfrentar situações nas quais possa ser *sortudo* ou *azarado* (os detalhes sobre esses conceitos são dados nos referências relevantes), você pode se valer de sua Sorte para tornar o resultado mais favorável, mas cuidado! Usar sua Sorte é arriscado e, se você for *azarado*, os resultados podem ser desastrosos.

O procedimento para usar sua sorte é o seguinte: role dois dados. Se o número rolado for *igual ou menor* que seu valor de Sorte atual, você foi *sortudo* e o resultado funcionará em seu favor. Se o número rolado for *maior que* seu valor de Sorte atual, você foi *azarado* e será penalizado.

Este procedimento é conhecido como *testar a sorte*. A cada vez em que testar sua sorte, você deve subtrair 1 ponto de seu valor de Sorte atual, quer o resultado tenha sido bem-sucedido ou malsucedido! Assim, você irá rapidamente perceber que, quanto mais confiar na sorte, mais arriscado isso ficará.

Se as coisas forem tão mal a ponto de sua Sorte ser reduzida a 1 ou a zero, você ficará automaticamente *azarado* sempre que for forçado a *testar a sorte*. Então, tome cuidado!

Usando Sorte nas Batalhas

Em certas páginas do livro, será pedido que você *Teste sua Sorte*; você então será informado das consequências de ser *sortudo* ou *azarado*. Porém, em batalhas, você sempre tem a opção de utilizar sua Sorte para infligir um ferimento mais sério ou reduzir os efeitos de um ferimento que a criatura acabou de infligir em você.

Caso tenha acabado de ferir a criatura que está enfrentando, você pode *testar a sorte* conforme descrito acima. Se for *sortudo*, você infligiu um ferimento sério e pode reduzir 2 pontos extra do valor de Energia da criatura (assim, seu golpe reduz a Energia dela em 4 pontos, em vez de 2). Porém, se for *azarado*, o ferimento foi apenas de raspão e você deve devolver 1 ponto ao valor de Energia da criatura (em lugar de seu golpe causar 2 pontos de dano, é reduzida apenas em 1 ponto).

Se a criatura acabou de ferir você, você pode *testar a sorte* para tentar minimizar esse ferimento. Se for *sortudo*, você conseguiu evitar o impacto completo do ferimento e pode restaurar 1 ponto da sua própria Energia (em vez de a criatura causar 2 pontos de dano à sua Energia, ela é reduzida em somente 1 ponto). Porém, se você for *azarado*, terá sofrido um golpe mais sério e deverá reduzir 1 ponto de Energia extra (de forma que o golpe da criatura causa dano igual a 3 pontos de Energia em vez de 2).

Lembre-se de que você deve deduzir 1 ponto de seu valor de Sorte atual a cada vez em que *testar a sorte*.

Restaurando Habilidade, Energia, Sorte e Fé

Habilidade

Seu valor de Habilidade não mudará muito durante a aventura. Ocasionalmente, uma referência pode dar uma instrução de aumentar ou diminuir sua Habilidade — mas lembre-se de que somente uma arma pode ser usada por vez! Você não pode obter dois bônus de Habilidade por carregar duas Espadas Mágicas, por exemplo. Seu valor de Habilidade não pode ultrapassar o valor *inicial* a não ser que seja especificado o contrário.

Energia e provisões

Seu valor de Energia aumentará e diminuirá com frequência durante sua aventura, conforme você enfrenta criaturas e realiza tarefas árduas. À medida que você se aproxima de seu objetivo, seu valor de Energia pode estar perigosamente baixo e batalhas podem se tornar particularmente arriscadas, então tome cuidado!

Sua mochila contém *provisões* suficientes para dez refeições. Você pode descansar e comer a qualquer momento, exceto durante uma luta, mas você só pode comer uma refeição por vez. Comer uma refeição restaura 4 pontos de Energia. Quando consumir uma refeição, adicione 4 pontos ao seu valor de Energia atual e reduza 1 ponto de suas provisões em sua *ficha de aventura*. Uma caixa separada de *provisões* Restantes está fornecida na *ficha de aventura* para registrar detalhes das *provisões*. Lembre-se de que você tem um longo caminho pela frente, então use suas *provisões* com cuidado! Também se lembre de que seu valor de Energia nunca pode ultrapassar o valor *inicial* a não ser que seja especificado o contrário.

Sorte

Seu valor de Sorte também mudará durante a aventura conforme você *testar sua sorte*; adições ao seu valor de Sorte também podem ser concedidas quando você tiver sido particularmente afortunado; detalhes disso são dados nas referências deste livro. Lembre-se de que, da mesma forma que ocorre com os valores de Habilidade e Energia, sua Sorte nunca poderá ultrapassar seu valor *inicial* a não ser que seja especificado o contrário.

Fé

Sua Fé pode ser abalada por certos perigos durante sua aventura, mas também pode ser aumentada ao ser vitorioso em batalhas muito perigosas e quando encontrar certos objetos e relíquias do Bem. Seu valor de Fé *pode* ser aumentado acima de seu valor *inicial*. Você descobrirá exatamente como a Fé funciona quando encontrar certas criaturas durante sua aventura e também será instruído sobre isso nas páginas relevantes.

Moléstias

A aventura na qual você vai embarcar é muito perigosa: monstros e armadilhas não são os únicos perigos que você enfrentará! Você pode ser atacado por *moléstias* em certos momentos — maldições ou outras desvantagens de natureza ainda mais sinistra. Nós não vamos estragar sua diversão dizendo exatamente o que elas são; basta dizer que, se você sofrer uma ou mais *moléstias*, receberá instruções sobre seus efeitos nas referências relevantes.

Felizmente, é possível se livrar delas — se você for corajoso, sábio e sortudo! *moléstias* devem ser registradas na caixa de *moléstias* em sua *ficha de aventura* quando as encontrar, e você pode utilizar uma borracha para apagá-las depois se tiver sorte o bastante para se livrar delas!

Equipamento

Você começará sua aventura com o equipamento básico, mas encontrará outros itens durante suas viagens. Está armado com uma espada, vestindo uma armadura de couro e também carrega um escudo. Você tem uma mochila em suas costas para carregar suas *provisões* e quaisquer tesouros ou outros itens que possa encontrar. Também carrega uma lanterna que pode usar para iluminar seu caminho se necessário.

Dicas de Jogo

Sua jornada será perigosa e você poderá muito bem falhar em sua primeira tentativa. Tome notas e desenhe um mapa enquanto explora — ele será valioso em tentativas futuras nesta aventura e permitirá que você progrida mais rapidamente em seções inexploradas.

Nem todas as áreas contêm tesouro: muitas meramente contêm armadilhas e criaturas com as quais você sem dúvida entrará em conflito. Você pode virar em lugares errados na sua busca e, embora possa, de fato, progredir para seu destino final, não é certo que encontrará o que busca.

Tome muito cuidado ao *testar a sorte* a menos que uma referência diga a você que precisa fazer isso! Geralmente, em se tratando de lutas, você só deve *testar a sorte* para se manter vivo se o golpe de uma criatura poderia de outra forma matá-lo (no que diz respeito a reduzir sua perda de Energia dos golpes de outras criaturas). Não *teste sua sorte* para tentar causar dano extra a seu inimigo a menos que isso seja realmente necessário! Pontos de Sorte são preciosos!

Você perceberá que as referências não fazem sentido se forem lidas na ordem sequencial. É essencial que você só leia as referências que lhe são instruídas. Ler outras referências pode causar confusão e certamente diminuirá a diversão e as surpresas durante o jogo.

O único caminho verdadeiro para o sucesso na aventura envolve minimizar riscos; qualquer jogador, por mais fracas que sejam suas rolagens de dados iniciais, deve ser capaz de lutar até chegar à realização e à glória finais.

Que a sorte dos deuses te acompanhe na aventura que virá!

Ficha de Aventura

Caixas de Encontros com Monstros

Habilidade: Energia:	Habilidade: Energia:	Habilidade: Energia:
Habilidade: Energia:	Habilidade: Energia:	Habilidade: Energia:
Habilidade: Energia:	Habilidade: Energia:	Habilidade: Energia:
Habilidade: Energia:	Habilidade: Energia:	Habilidade: Energia:

INTRODUÇÃO

Rumores de grandes fortunas e tesouro o trouxeram a oeste de Femphrey, no Velho Mundo, até a terra desafiadora de Mauristatia, onde ficam picos inalcançáveis cobertos de gelo e neve, obscurecidos por densas camadas de névoa gélida. O ar está frio e úmido e você está coberto de peles para tentar se manter aquecido. Acocorado e sacolejado em uma carruagem que vai na direção norte, para Mortvania, você se pergunta se há alguma verdade nos rumores que ouviu; as pessoas por aqui são mal nutridas e malvestidas, e esse lugar não se parece com um local de grandes riquezas! Ainda assim, talvez isso signifique que os tesouros ainda estão escondidos e que o povo local não os encontrou…

Você é despertado de seus pensamentos quando a carruagem começa a parar, rangendo. Os cocheiros abrem as portas e começam a tirar malas e sacolas do teto. Você sai e vê um crepúsculo sombrio, com uma grossa névoa de inverno sobre a vilazinha de beira de estrada de Leverhelven, onde vai pernoitar. A taverna é pequena e nem um pouco luxuosa, mas a comida é quente e a sangria é temperada e revigorante. Porém, os habitantes locais não gostam de estranhos e falam pouco; após você entrar, a porta da taverna é barrada e as janelas já estão fechadas. O lugar tem um nome estranho: Sangue do Cação — mas não parece haver muita pesca por aqui, e esse peixe costuma ser de água salgada. Você pergunta ao estalajadeiro como o lugar ganhou esse nome e um silêncio mortal se abate sobre a sala. Ele se vira, recusando-se a falar; você tenta imaginar como uma pergunta inocente e educada causou uma reação dessa. Um homem sentado ao lado do fogo se vira para você — e cospe nos seus pés!

Uma senhora idosa, coberta em um xale e com um avental de plebeia, olha para você e diz: "Os estrangêro num sabe das coisa aqui". Você lhe oferece uma bebida e pede a ela que conte mais — pelo menos está falando com você, o que é mais amigável do que qualquer um por aqui. Ela bebe o vinho com vontade. "Num é 'Sangue do Cação', estranho. Esse nunca foi o nome até que mudaram a placa lá fora. É Sangue do Coração. Co-ra-ção. É o que muita gente aqui perdeu: o sangue do coração!"

O murmúrio baixo de vozes que tinha começado novamente é completamente silenciado. Muitas pessoas estão olhando bem feio para você e para a velha senhora, e o taverneiro berra para ela que se cale. Mas seu rosto está vermelho com o calor e com o vinho, e ela diz que será ouvida. "É o conde, mardito seja o coração negro dele! As pessoa some da vila, some, sim! E nunca mais voltam. O conde leva elas pro castelo, é isso mêmo, e elas morre uma morte horríver lá. Horríver! Tem gente que ouviu os grito de lá, gritos das alma no própio inferno." Agora, lágrimas descem pela sua face velha e enrugada. "E num é que ele levou minha neta ontem mêmo? Num é que a gente viu a carruage e o cavalêro sem cabeça na vila? Tadinha da minha Nastassia, uma minina tão bunita e meiga, levada pelo demônio em pessoa, e nenhum home nesse fim de mundo teria corage pra ir no castelo sarvá ela!"

Vozes envergonhadas murmuram na sala enquanto o fogo solta faíscas, com o estalar das chamas parecendo enfatizar o pedido desesperado da velha senhora: "Eu imploro, senhor, resgate ela. Ela só tem dezessete anos e nunca fez mal a ninguém…", e volta a chorar.

Um homem alto e ruivo se levanta de uma mesa do lado oposto e se aproxima; você vê que ele só tem um braço, com a manga direita de sua túnica presa ao peito.

"Estranho, creio que você seja um viajante em busca de aventura. O que a velha Svetlana diz é verdade: o Conde é uma alma terrível e maligna, e o castelo Heydrich é um lugar de horrores. Eu tentaria matá-lo eu mesmo, se não fosse por um motivo óbvio..." Você assente com a cabeça quando ele olha para a própria manga vazia. "Você vai nos ajudar? Eu tenho algum ouro reservado de meus próprios dias como um guerreiro, que darei com prazer se você o fizer." Os olhos de todos os presentes se viram para você, implorando por sua assistência.

Você está prestes a assentir e aceitar essa proposta quando a porta da taverna se abre com força. As pessoas dentro gritam de medo quando um vento gélido corre pela sala. Do lado de fora, na neblina, consegue ver uma carruagem preta com quatro corcéis igualmente pretos se empinando e relinchando, e, na porta, uma figura espectral se encontra. Dedos ossudos se estendem de mangas negras e ele acena... para você! Mas não diz nada — e como poderia? Ele não tem cabeça...

Agora, vá para 1.

1

Você segue a figura que acena até o lado de fora, em direção às brumas que se espiralam. Ela sobe no assento do condutor do coche negro e a porta da carruagem se abre sozinha. Os corcéis se empinam, esperando, e o bafo deles se condensa no ar frio. Você:

Ataca o cavaleiro sem cabeça?	Vá para 201
Entra no coche?	Vá para 174
Ignora o coche e pergunta a alguma pessoa local sobre como chegar ao castelo?	Vá para 148

2

Você abre as portas de bronze e passa para dentro de um salão de entrada bem iluminado e deserto. Mosaicos no chão e decorações de parede em preto e vermelho puros dão à câmara uma aparência lúgubre e, por um momento, você pensa ter ouvido um leve som de gemido... Há três saídas do salão. Você sairá por:

Uma porta ao norte?	Vá para 101
Um corredor a leste?	Vá para 256
Uma porta a oeste?	Vá para 60

3

Você tem uma espada mágica? Se tiver, vá para 173. Se não, vá para 208.

4

Você morde os biscoitos açucarados e crocantes de chocolate meio amargo e chega ao recheio macio de sangue coagulado. O petisco favorito do Conde te enche de repulsa e náusea. Você se abala com tamanho horror e perde 1 ponto de Fé. Agora, deve ir a porta a oeste. Vá para 45.

5

Ao cruzar o portal, você observa um pentagrama no chão — tarde demais! Uma forma esfumaçada se materializa dentro dele, e um corcel espectral com olhos brilhantes e ameaçadores, hálito de fogo e fumaça sufocante parte para atacar você. Não há tempo para fugir — é preciso enfrentar o terrível corcel demoníaco do Conde. Subtraia 2 pontos de sua HABILIDADE somente durante este combate, devido aos efeitos sufocantes da baforada de fogo do corcel.

CORCEL
DEMONÍACO   HABILIDADE 8   ENERGIA 10

Se vencer, você não encontra nada interessante aqui. Então, você irá:

Para a cripta?	Vá para **90**
Abrir as portas de bronze do norte?	Vá para **2**
Abrir a porta na direção sul?	Vá para **18**

6

Durante cada *rodada de ataque* até que mate a névoa vampírica, você perderá 1 ponto de ENERGIA devido à perda de sangue. Vá para **42** e continue a luta!

7

Um facho de luar o atinge e você vê com horror que suas mãos estão ficando cobertas de pelos! Você sente seus dentes crescendo e quase começa a uivar para a lua! Essa transformação é muito dolorosa — perca 3 pontos de ENERGIA. Mude sua *licantropia* para a *moléstia de licantropia grave* em sua *ficha de aventura*. Você procura na torre qualquer coisa que possa lhe ajudar; vá para **51**.

8

Você insere a chave na fechadura e abre a porta. Dentro, há uma fileira de tumbas simples sem marcas ou decorações, todas idênticas. Você tem uma sensação estranha; seus nervos estão formigando e uma gota de suor cai de sua sobrancelha sobre um olho, fazendo-o arder. Você esfrega seus olhos para limpar sua visão e, quando olha de novo, pode enxergar uma figura pálida e fantasmagórica vindo em sua direção, gesticulando para que se aproxime. A aparição — aparentemente uma mulher — é jovem, tem um rosto esquelético e parece muito determinada! Você pode fugir (vá para 59) ou andar em direção a ela (vá para 102).

9

A criaturinha lhe pergunta se veio para ver o mestre dela. Você assente com a cabeça, em silêncio. "Bem, não fique aí parado, entre! Ele não está muito ocupado. Tenho certeza de que as poções estarão prontas daqui a pouco!" Você percebe que este é o laboratório de um alquimista e que a pequena criatura alada é uma criatura mágica — um homúnculo. Ele gesticula para que vá para uma porta a sul, a qual você abre. Vá para 118.

10

Tremendo após a luta, você olha para o caixão e o abre após controlar seu medo. Ele está vazio, exceto por uma fina camada de terra negra e seca no fundo. Você vira o caixão, arremessando a terra no chão e quebra a madeira com o pomelo de sua espada. Na caixa de *notas*, em sua *ficha de aventura*, registre que destruiu um dos caixões de Reiner Heydrich! Ganhe 1 ponto de Fé. Você sai dessa câmara e pode tentar abrir a porta no lado oeste do corredor (vá para **34**) ou seguir o corredor contornando para o sul, através dessa porta (vá para **31**).

11

Tendo vencido esses servos mortos-vivos, você irá:

Seguir para a cozinha principal a leste?	Vá para **282**
Sair e ir para a porta norte no corredor?	Vá para **332**
Sair e abrir a porta oeste no corredor?	Vá para **221**
Sair e seguir a passagem lateral a leste do corredor?	Vá para **353**

12

Você sente uma carga de bem-estar do item abençoado e sua ENERGIA é devolvida ao seu nível *inicial* completo! Vá para **35**.

13

Quando você se aproxima, um gnomo pequeno e idoso corre para fora de sua cabana na luz acinzentada do amanhecer e vai em sua direção, com um sorriso um tanto malicioso. Ele exige 2 peças de ouro para te transportar para o outro lado em seu barco, mas adiciona que você pode ficar e dormir em sua cabana caso deseje — e você está muito cansado! Se estiver junto com Valderesse, a Patrulheira, vá para **64**. Se não estiver, você vai:

Atacar o gnomo?	Vá para **113**
Aceitar a oferta de um local para descansar?	Vá para **211**
Pagá-lo e cruzar o rio?	Vá para **162**

14

Você já tem uma espada mágica? Se tiver, vá para **82**. Se não, vá para **61**.

15

Gunthar dá um pouco de comida e vinho (recupere 4 pontos de E<small>NERGIA</small> perdidos) e conta sobre seu trabalho como curandeiro. Ele sabe muito bem do mal que o irmão dele representa e condena Reiner como uma criatura cruel e vil. Porém, afirma que não é um lutador e que, de qualquer forma, não conseguiria matar o próprio irmão! Gunthar parece sentir o peso do mal do castelo e está quase em desespero. Você arrisca e anuncia que está aqui para acabar com Reiner Heydrich. Os olhos dele se iluminam com esperança e ele diz que dará a única coisa que tem capaz de ajudar. De um bolso cuidadosamente escondido em seus mantos, ele puxa um crucifixo de prata em uma corrente e diz que será necessário para destruir Reiner. Registre o crucifixo em sua *ficha de aventura*. Você também precisará de uma estaca para atravessar o coração de Reiner enquanto ele dorme em seu caixão, mas Gunthar não tem uma. Você terá de encontrá-la em outro lugar. "A menos, é claro, que encontre a espada de Siegfried, Estrela Noturna, pois ela também o destruiria, mas foi perdida há muitos anos", ele diz, suspirando. Agora, você vai:

Sair e abrir a porta a oeste do patamar?	Vá para **294**
Pedir a Gunthar que ajude com uma *moléstia*, se tiver uma?	Vá para **48**
Mostrar a Gunthar um livro, se tiver um?	Vá para **317**

16

A garota beija você de volta. Infelizmente, isso inclui cravar os dentes firmemente na sua garganta! Perca 2 pontos de ENERGIA. Agora, você precisa lutar contra ela. Role um dado. O resultado será o número de *rodadas de ataque* em que sua garganta continuará sangrando, fazendo com que perca 1 ponto de ENERGIA em cada *rodada* enquanto o sangramento durar. Vá para **150** para lutar.

17

O único item útil na situação atual é um Espelho de Prata. Se você não tiver um Espelho de Prata, vá para **26**. Se tiver um, Reiner se afasta dele. Isso dá a você tempo para jogar água benta se puder e quiser fazer isto (vá para **216**), ou de lançar um feitiço (vá para **158**). Após ter feito isso, você ainda tem um pouco de tempo, já que o Vampiro hesita perante o Espelho de Prata. Você será capaz de acertá-lo com a espada uma vez, causando 2 pontos de dano à ENERGIA dele, quando iniciar uma luta, então anote disso! Se for atacá-lo com uma espada imediatamente, vá para **26** agora.

18

Você abre a porta. Está muito escuro e precisa de sua lanterna para enxergar. Olhando lá para dentro, é possível distinguir sacos de grãos e alguns ratos que fogem. Há uma porta na parede oeste deste armazém. Você:

Irá para a porta oeste do armazém? Vá para **67**

Sairá e se irá para a cripta,
se não tiver feito isso antes? Vá para **90**

Sairá e irá para as portas a norte no pátio? Vá para **2**

19

A nuvem de gás se infiltra lentamente por trás de uma decoração de parede e revela uma porta secreta. Atrás dela, você descobre o último dos caixões de Reiner Heydrich; abrindo sua tampa, você encontra o corpo do vampiro, que lentamente está se recompondo. Você tem um crucifixo ou o Escudo da Fé? Também tem uma Estaca ou a espada mágica Estrela Noturna? Se você tem pelo menos um de cada par, você sabe o que fazer, então vá para **32**. Se não tiver pelo menos um de cada par, vá para **69**.

20

Você conhece o charme de Katarina, pois ela já tentou te controlar antes, mas falhou da primeira vez — e esses truques não te afetam mais! Você a golpeia com sua espada, causando 2 pontos de dano em sua ENERGIA. Vá para **106** para terminar a luta.

21

Após sobrepujar Wilhelm, você olha para a enorme quantidade de entulho em todas essas salas. Você:

Faz uma busca cuidadosa nestas salas?	Vá para **78**
Sai e abre a porta leste do lado oposto no corredor, se já não tiver feito isto antes?	Vá para **118**
Sai e abre a porta na parte sul do corredor?	Vá para **252**
Volta para o salão de entrada e abre a porta norte?	Vá para **101**

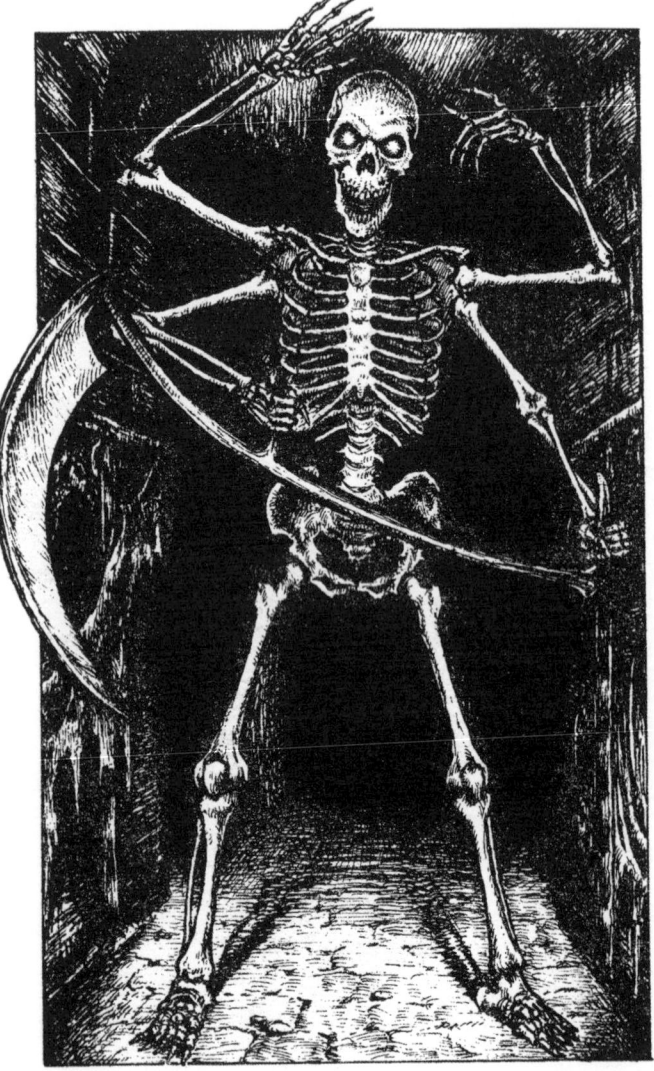

22

O Thassaloss Maior é o mais poderoso dentre todos os guardiões do Conde. Quando você o enfrenta, em cada *rodada de ataque*, deve rolar um dado além das rolagens normais de combate. Se a rolagem cair entre 1 e 5, um raio verde de frio intenso saído das cavidades oculares do monstro o congela, e você perde 1 ponto de ENERGIA. Somente se rolar 6 é que será capaz de escapar do raio. Isso acontece independente de quem tiver a *força de ataque* maior na *rodada de ataque*, por isso o Thassaloss é um inimigo formidável!

THASSALOSS
MAIOR   HABILIDADE 10   ENERGIA 15

Se a qualquer momento quiser lançar um feitiço de *Estilhaçar* (e puder fazer isso), vá para **109**. Se, a qualquer momento, quiser lançar um feitiço de *Raio de Jandor* (e puder fazer isso), vá para **125**. Se vencer, vá para **224**.

23

água benta não causa dano a Katarina, já que ela, na verdade, não é uma Vampira! Ela se esquiva por baixo do frasco arremessado e não tem tempo de golpear de volta. Lute com sua espada; se estiver usando a Estrela Noturna, receberá apenas 1 de bônus em HABILIDADE. Retorne para **106**.

24

Suas mãos conseguem agarrar um arbusto na borda do precipício rochoso, e isso o salva da morte certa nas pedras afiadas abaixo. Você escala de volta e, um pouco abalado, segue a estrada para o castelo. Tem uma longa caminhada pela frente, então, role um dado. Se o número rolado for 1 ou 2, vá para 362. Se rolar qualquer outro número, vá para 73.

25

Você procura nos cômodos de Lothar e, depois de algum tempo, encontra uma alcova escondida na parede da qual remove uma estaca banhada em prata e as Chaves do Guardião; adicione estes itens à sua *ficha de aventura*. Agora, se tiver encontrado Katarina Heydrich e desejar levar o Livro das Espadas para ela, vá para 41. Se não, você sai e vai para a porta na parte sul do corredor; vá para 319.

26

Você tem uma espada mágica? Se tiver, vá para 372. Se não tiver, vá para 284.

27

Conforme você atravessa cuidadosamente a soleira da porta, tropeça em uma armadilha de arame muito fina e bem escondida, e o alarme que ela dispara alerta o homem. Ele acorda e, tendo lá suas razões, o corta com sua faca muito afiada; perca 2 pontos de ENERGIA. Agora, você pode atacá-lo (vá para **77**) ou tentar falar com ele — afinal, você ainda não o atacou, então pode ser que ele o escute (vá para **126**).

28

Antes que você possa acabar com ela, a odiosa coisa morta-viva se transforma em uma nuvem de gás e flutua para longe! Se tiver um feitiço de *Muralha de Energia* e desejar lançá-lo, vá para **111**. Se não puder — ou não quiser — lançar esta magia, vá para **63**.

29

Qual magia você quer utilizar?

Muralha de Energia?	Vá para **155**
Golpe Poderoso?	Vá para **112**
Raio de Jandor?	Vá para **395**

Se não tiver nenhuma dessas magias, vá para **164**.

30

O gigantesco carniçal se afasta de você, com cuspe pingando por cima de seus tocos de dentes enegrecidos. Você pode subir as escadas de pedra do lado oposto da porta (vá para **159**) ou atacar o carniçal que está se afastando (vá para **107**).

31

O corredor vai para o sul e há quatro portas diante de você: duas a leste, uma a oeste e uma no fim do corredor, diante de você. Você irá:

Abrir a primeira porta a leste, mais próxima de você?	Vá para **58**
Abrir a segunda porta a leste?	Vá para **227**
Abrir a porta na ponta sul do corredor?	Vá para **319**
Abrir a porta a leste?	Vá para **114**

32

Com o símbolo da cruz no crucifixo ou o Escudo da Fé segurado sobre o corpo, você atravessa com a ponta da estaca ou com a Estrela Noturna o coração maligno do Conde Reiner Heydrich. Gotas de sangue negro espirram no revestimento de seda branca do caixão e em suas mãos, mas você continua segurando firme. Um grito profano sai da boca do Conde em seus estertores e as garras do vampiro se agarram nas bordas do caixão e então lentamente se soltam. O corpo gradualmente vira pó. Finalmente o Conde foi enviado para se juntar aos seus ancestrais vampíricos no inferno. Ganhe 2 pontos de FÉ e 2 pontos de SORTE! Vá para **132**.

33

Quando você entra no campanário, um bando de morcegos alça voo e começa a circundar o ar na frente de seu rosto. *Teste sua Sorte.* Se for *sortudo*, vá para **86**. Se for *azarado*, vá para **133**.

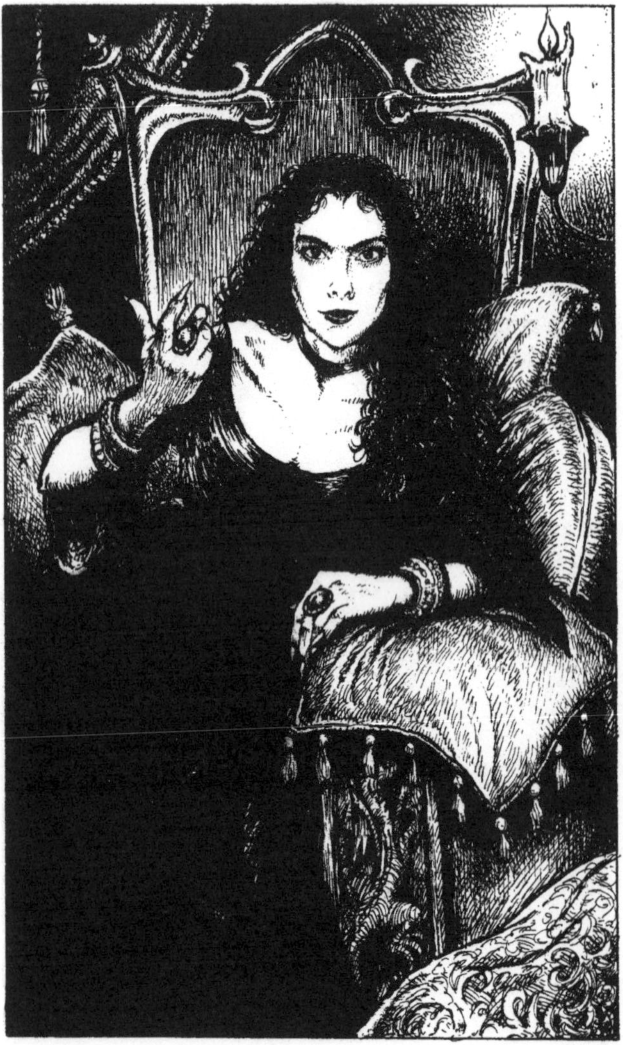

34

Você entra em uma suíte suntuosamente decorada, com mobília acolchoada, tapetes e carpetes exóticos, tapeçarias e pinturas e sacos cheios de bandejas de ouro, cálices cravejados de pedras preciosas, decantadores, ornamentos... este lugar é pura riqueza! Também há uma pessoa aqui. Preguiçosamente reclinando-se em uma cadeira de teca que parece um trono, entre almofadas de couro, está uma jovem mulher maravilhosamente bela; seus cabelos encaracolados deslizam sobre seus ombros e emolduram seu rosto delicado e muito pálido. Um bracelete de esmeralda está em seu pulso enquanto ela ergue um braço das dobras de seu vestido preto e gesticula para que você se aproxime. "É educado bater na porta primeiro, mas você pode entrar," murmura Katarina Heydrich em uma voz rouca e sedutora. Você a ataca (vá para **71**) ou fala com ela (vá para **363**)?

35

"Você possui tudo o que é necessário para destruir Reiner em seu caixão", diz o fantasma, suavemente, "mas consegue lutar contra ele?" Você tem o Livro das Espadas? Se tiver, vá para a referência que é a metade do número da página mágica naquele livro (por exemplo, se a página mágica fosse 320, você iria para a referência 160). Se não tiver este livro, vá para 14.

36

Você pode barganhar com Karl-Heinz se quiser, mas terá que *testar a sorte* para fazê-lo. Se for sortudo, vá para 134. Se for azarado, ou se não quiser se arriscar a ofender Karl-Heinz, mas simplesmente afirmar que é pobre e oferecer um pagamento mais baixo, vá para 183.

37

Tentar parar o barulho mexendo com o órgão não o leva a nada e você perde 1 ponto de ENERGIA devido a algumas mordidas de rato enquanto tenta! Agora, você tentará:

Encontrar os foles que ativam o órgão?   Vá para **65**

Silencier o órgão
com algum objeto próximo?   Vá para **149**

Correr para a porta a norte?   Vá para **335**

38

O dedo indicador da mão se ergue, de maneira dolorosamente lenta, e aponta para o sul. De canto de olho, você vê uma cabeça humana engarrafada abrindo e fechando os olhos, aparentemente tentando falar, mas sem conseguir dizer qualquer coisa. Novamente, o dedo aponta para o sul e, por um instante, você acha que consegue ouvir uma voz sussurrante dizer "Socorro". Então o braço cai para trás, sem vida, de você, e a cabeça para de se mover. Isto é perturbador; você deve perder 1 ponto de Fé e abandonar sua busca imediatamente. Você agora abre a porta sul na junção em T (vá para **8**) ou a porta leste (vá para **371**)?

39

Os lobos param para comer a comida; deduza 2 refeições de suas *provisões*. Você fecha a porta atrás de você. Agora, você irá:

Seguir para a cripta?	Vá para 90
Abrir as portas de bronze a norte?	Vá para 2
Abrir a porta a sul?	Vá para 18

40

O cão é um mastim brutal, com pelagem cinzenta e dentes grandes e amarelos, que late com ferocidade e saliva com a ideia de que você seja sua refeição! Se você escolheu atacar o cachorro em vez de tentar passar furtivamente por ele, ganha um ataque extra contra ele, e pode subtrair 2 pontos do valor de ENERGIA do cachorro antes de enfrentá-lo.

MASTIM   HABILIDADE 7   ENERGIA 7

Se vencer, você pega 4 peças de Ouro da mesa (adicione--as a seu *tesouro*) e um pouco de comida da despensa bem estocada (adicione 4 às suas *provisões*). Agora, você pode entrar no barco (vá para **138**) ou cruzar o rio a pé (vá para **187**).

41

Você retorna para Katarina. Ela ronrona feliz com a notícia da morte do Guardião, pega o Livro das Espadas e lança um feitiço sobre ele. Chamas mágicas azuladas lambem o tomo, mas ele não queima. Ao invés disto, emite um estranho zumbido. Então, o livro desaparece e, em seu lugar — nada! Katarina parece horrorizada. "Maldito Reiner! Ele impediu minha contramágica!", ela xinga, e seu rosto está contorcido de raiva. De repente, você tem bastante medo do que ela poderia fazer com você em sua ira, então, corre e segue para a porta na ponta sul do corredor. Vá para **319**.

42

Como a névoa está em toda a sua volta, ela é fácil de atingir; você pode adicionar 1 à sua HABILIDADE ao lutar contra a névoa vampírica.

| NÉVOA VAMPÍRICA | HABILIDADE 7 | ENERGIA 9 |

Se for atingido duas vezes, vá imediatamente para **165**. Se vencer, vá para **10**.

43

Você insere a grande chave de ferro na enorme fechadura e o portão cheio de grades pesadas se abre. Está completamente escuro abaixo e você precisa ter uma fonte de luz: sua lanterna ou uma espada mágica, se tiver uma. Você desce alguns degraus cobertos de poeira, talhados entre paredes cheias de teias de aranha e musgo. As paredes têm decorações pálidas e, em intervalos, rostos de gárgulas que parecem estar olhando com raiva para você — ou será só sua imaginação? Ratos correm na distância; quando você desce para um túnel no fim dos degraus, nota uma pequena pilha de ossos que eles estavam roendo. Eles não parecem diferentes de ossos humanos.

Com um calafrio, continua até que chega a uma porta, e a abre com suas chaves. Diante de você está um corredor no qual é possível ver portas e alcovas à distância. Agora, você deve *testar a sorte*. Se for sortudo, vá para **147**. Se for azarado, vá para **91**.

44

A aparição se afasta de você, com seus braços finos e garras arranhando o ar perto de sua cara, mas sua Fé te protege! Agora, você vê uma escadaria espiral de madeira levando para cima nesta câmara vazia e empoeirada. Você pode facilmente escapar da aparição desta forma, mas, como ela é uma coisa maligna, preferiria destruí-la. Ouviu dizer, porém, que somente uma arma mágica pode ferir uma aparição, então, caso não tenha uma, pode ser perigoso atacá-la! Você irá:

Atacar a aparição maligna?	Vá para **83**
Subir a escadaria da Torre?	Vá para **316**
Retornar para o salão de entrada e abrir a porta norte lá?	Vá para **101**

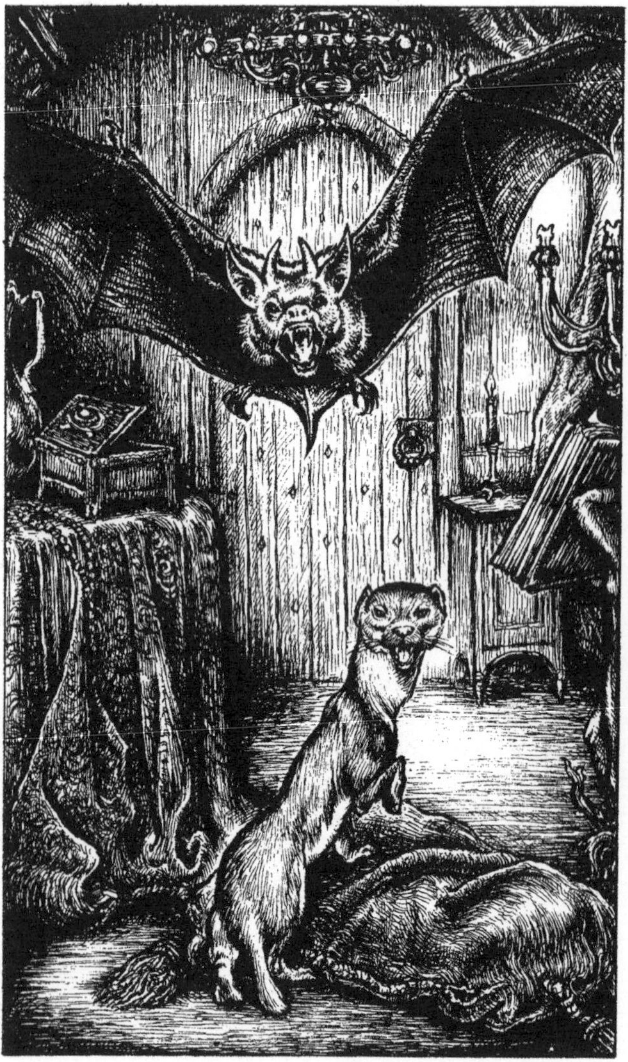

45

Você empurra a porta para a sala de estar do Conde Reiner Heydrich. Revestimentos de paredes de um marrom rico e móveis de carvalho lhe dizem que ele pelo menos tem bom gosto. Porém, você não tem tempo para analisar os detalhes, pois dois de seus mascotes estão vindo lhe atacar — uma detestável doninha vampírica e um morcego vampiro com chifres, com asas coriáceas e uma aparência malévola!

Lute contra o morcego normalmente. A cada *rodada de ataque* em que enfrenta o morcego, role também um dado além dos dados de combate normais. Se o resultado dessa rolagem de dados for 5 ou 6, a odiosa doninha cravou suas presas em sua perna; perca 2 pontos de ENERGIA por causa dessa mordida. Pior, a doninha suga seu sangue durante todas as *rodadas de ataque* subsequentes e a perda de sangue faz com que você perca 1 ponto de ENERGIA. Quando matar o morcego, a doninha foge, mas, se ela o tiver mordido, perca mais 3 pontos de ENERGIA antes que o sangramento pare.

MORCEGO-VAMPIRO
COM CHIFRES   HABILIDADE 8   ENERGIA 7

Se o morcego o morder duas vezes, vá imediatamente para **85**. Se você vencer, vá para **135**.

46

Você é quase pego de surpresa por uma forma humana fantasmagórica que desliza silenciosamente na sala e a atravessa para te atacar! O espectro maligno e com ódio dos vivos é o mais poderoso dos servos mortos-vivos do Conde, e você terá de enfrentá-lo! Você tem uma espada mágica? Se tiver, vá para **298**. Se não tiver, vá para **208**.

47

Após uma busca cuidadosa, você encontra uma porta secreta na passagem da parede norte, a uns três metros da porta no final da passagem. Você a abre e entra em uma câmara vazia com uma porta entreaberta na parede leste. Há dois zumbis de guarda aqui, segurando lanças — sua Fé não vai protegê-lo contra esses guardas sem mente, mas muito bem treinados! Lute contra os Zumbis um de cada vez no corredor.

	HABILIDADE	ENERGIA
Primeiro ZUMBI	6	6
Segundo ZUMBI	7	6

Se vencer, vá para **348**.

48

Gunthar parece nervoso. Ele diz que qualquer magia que ele possa usar para ajudá-lo alertaria Katarina, o que pode ser muito perigoso... ele está claramente relutante. Você tem o Livro dos Curandeiros? Se tiver, vá para **375**. Se não tiver, você pode sair daqui e abrir a porta a oeste no patamar (vá para 294) ou pode mostrar a Gunthar qualquer outro livro que tenha encontrado no castelo indo para a referência com o mesmo número da página mágica nesse livro.

49

Infelizmente, seu olhar fica por tempo demais no retrato do Conde e os olhos dele penetram em você, deixando-o fascinado. Você tem a *moléstia da licantropia*? Se tiver, vá para **95**. Se não tiver, vá para **144**.

50

Você se desloca cuidadosamente em torno da edificação. Você se aproximou pelo sul e pode ver alguns traços do que parece ser uma construção de dois andares. Nas pontas a sudoeste e sudeste ficam as torres, cujos pináculos se impõem sobre os telhados de ardósia por cima das muralhas de pedra. Morcegos voam para dentro e para fora do campanário da torre a sudoeste. As fendas para flechas nas torres são altas e estreitas demais para entrar por elas. Você pode ver luzes no andar de baixo de janelas nos lados leste e oeste, mas cortinas pesadas o impedem de ver qualquer coisa dentro do castelo propriamente dito. Role um dado e adicione 3. Se o total for menor que ou igual à sua Fé, vá para **99**; se for maior que sua Fé você pode continuar andando em torno e chegar de volta aos portões principais, sem encontrar quaisquer outros meios prováveis de entrar no lugar, então vá para **326**.

51

Verificando cuidadosamente, você encontra uma pequena porta secreta em uma parede; ela oculta uma alcova, da qual você retira um escudo branco com uma cruz vermelha. É o *Escudo da Fé*; ganhe 1 ponto de Fé e 1 ponto de Sorte por encontrá-lo e o adicione à sua *ficha de aventura*. Agora, você precisa sair da torre; vá para o átrio de entrada e abra a porta norte lá, indo para **101**.

52

Você está em sérios apuros, enfrentando uma das criações mágicas mais poderosas do Conde, um Thassaloss Menor. Você deve subtrair 2 pontos de sua HABILIDADE ao lutar essa batalha, já que ainda está parcialmente cegado pelos efeitos do clarão de luz mágico.

Em cada *rodada de ataque*, role um dado além dos dois dados de combate normais. Se o resultado do dado for 1—3, o Thassaloss Menor o atingirá com um raio verde de frio entorpecente de suas cavidades oculares brilhantes, e você perderá 1 ponto de ENERGIA. Se a rolagem de dados for 4—6, você terá tempo de se esquivar desse raio. O Thassaloss pode congelá-lo mesmo se tiver a *força de ataque* menor na *rodada de ataque*, então é perigoso!

THASSALOSS
MENOR   HABILIDADE 8   ENERGIA 11

Se vencer, você pode dar uma busca nessa câmara (vá para 352) ou sair, torcendo para encontrar oponentes menos poderosos em outro lugar (vá para 320).

53

O vinho branco é um magnífico Chardonnay Mauristatiano: saboroso, refrescante e com um leve toque de efervescência! Você se sente bem revigorado, e recupera 4 pontos de ENERGIA perdidos. Infelizmente, você bebeu um pouco demais, e deve subtrair 1 de sua HABILIDADE quando enfrentar sua próxima batalha (isso afeta somente um combate, o próximo que você tiver). Agora, você pode tentar provar os biscoitos, que parecem apetitosos (vá para 4) ou ir para a porta a oeste (vá para 45).

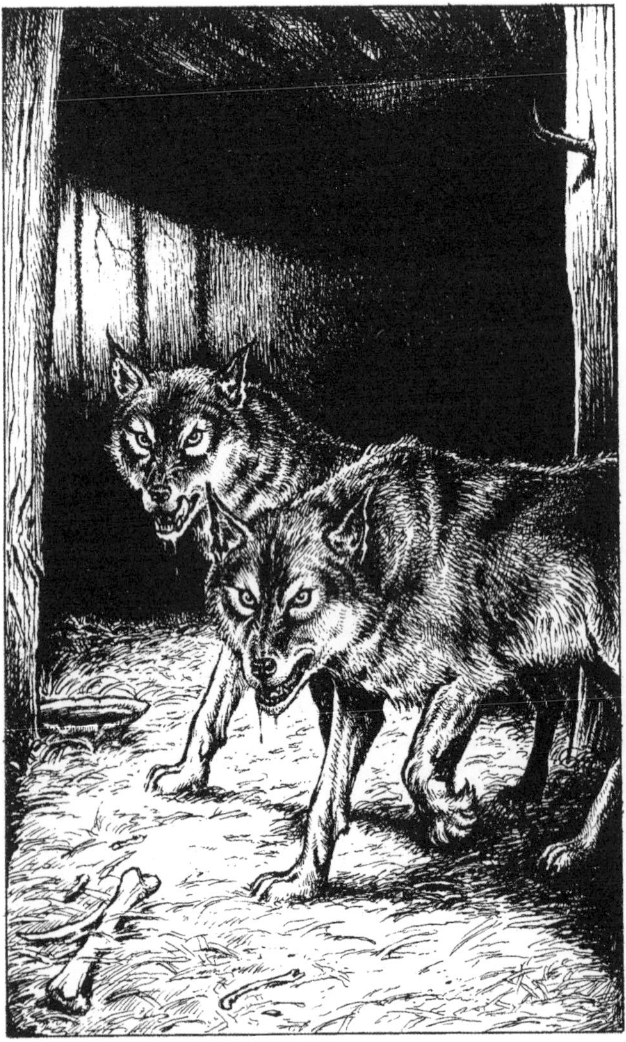

54

Você abre as portas para um covil de lobos, e dois lobos grandes rosnam para você e lambem os lábios! Você vai:

Atacar os lobos?	Vá para **103**
Fechar a porta e sair?	Vá para **152**
Procurar algo para usar contra os lobos (sem ser sua espada)?	Vá para **299**

55

Nesta sala, há somente um grande baú de carvalho em cima de uma mesa. Ele está bem preso e amarrado, mas, com as Chaves do Guardião, você consegue destrancá-lo. Porém, a tampa *ainda* não abre! Você vê uma placa prateada no baú com algum tipo de código gravado nela, então você pode investigar isso para ver se encontra alguma maneira de erguer a tampa do baú. Vá para **123**.

56

Você sente um brilho quente do globo quando o segura; recupere 3 pontos de Energia. Porém, estranhamente, Siegfried parece desapontado com você. Vá para **35**.

57

Quando você mata o pequeno homúnculo, há uma explosão de um dos recipientes grandes de vidro e você é atingido por ácido fervente: perca 5 pontos de ENERGIA. Há um tremor alto no laboratório e parte do equipamento começa a chacoalhar de forma assustadora. Se ainda estiver vivo, você precisa sair pelo caminho por onde entrou e corre até a ponta do corredor para se afastar. Há uma porta à sua esquerda ali, a qual você abre: vá para 252.

58

Você abre a porta para um pequeno roupeiro e vê uma aranha grande e possivelmente venenosa espreitando entre as roupas engomadas! Você fecha a porta rapidamente. De volta ao corredor, você irá:

Abrir a segunda porta a leste?	Vá para 227
Abrir a porta na parte sul do corredor?	Vá para 319
Abrir a porta a oeste?	Vá para 114

59

Você bate a porta atrás de si. Quando olha para o norte, vê uma trilha gosmenta de muco verde-amarelado saindo de baixo da porta naquela direção! Você abre a porta a leste rapidamente e passa por ela. Vá para **371**.

60

Você abre a porta para um armazém de lenha empoeirado e coberto de teias de aranha. Se procurar algo aqui, é possível que seja surpreendido por alguém que entre pelo salão principal. Então, você:

Procurará nesse armazém?	Vá para **110**
Sairá daqui e abrirá a porta a norte?	Vá para **101**
Sairá daqui e seguirá pela passagem a leste?	Vá para **256**

61

Siegfried diz que, embora uma estaca possa matar Reiner se for atravessada por seu coração, sua arma atual não pode afetá-lo em combate; você *precisa* ter uma espada mágica. Há uma arma dessas, embora nem de longe tão poderosa quanto a de Siegfried, na tumba de Adolf, um Guardião do castelo no passado distante. Essa tumba está a leste da junção em T, então você sai daqui e vai na direção dela: vá para **108**.

62

De repente, a garota fica de pé, com braços estendidos para frente e a cabeça jogada para trás. Ela grita! Role um dado e adicione 4. Se o total for menor ou igual à sua Fé, vá para **150**. Se for maior que sua Fé, vá para **195**.

63

O Conde se afasta de você, flutuando por trás de alguns adornos de parede — você procura, mas não encontra saída por trás deles! Sabe que vampiros podem se regenerar e também sabe que não o matou. Calcula então que ele possa voltar logo! Você tem tempo para realizar quatro — e *somente* quatro — ações. Decida quais serão. Pode comer uma refeição (isso leva duas ações e você só pode comer rápido uma refeição nesse tempo), beber uma Poção de Cura ou conhaque restaurador (uma ação por bebida), libertar a moça com suas chaves (duas ações), lançar uma magia como *Cura Verdadeira* ou *Magia da Sorte* (uma ação por magia lançada), ou pegar algum objeto de sua mochila (uma ação por item que queira pegar). Quando tiver decidido o que fazer, vá para **178**.

64

Valderesse ergue o gnomo pela lapela e o segura para falar com ele cara a cara. "Leve meu amigo pelo rio, Snivel, de graça. Você me deve um favor por manter aqueles lobos longe na semana passada!" Virando-se para você, ela murmura que Snivel não é o tipo de gnomo cuja oferta de hospitalidade você deva aceitar. Há uma cabana de sentinela mais para a frente na trilha e você poderá encontrar descanso lá em segurança. Ela põe o gnomo no chão e ele o bajula. Você sobe em seu barco e ele resmunga algumas palavras que você não consegue entender bem. O barco se move direto, contra a corrente, para o meio do rio!

Valderesse lhe acena um adeus enquanto você desce com segurança na margem oposta. Vá para 383.

65

Gastar tempo buscando os foles de ar em um órgão de tubos enquanto ratos malignos o perturbam lhe mordendo não é exatamente algo fácil. Perca 3 pontos de ENERGIA por causa das mordidas antes de ter o bom-senso necessário para desistir e correr para a porta a norte; vá para 335.

66

A mulher diante de você é alta e magra, com longos cabelos negros e misteriosos olhos verde-esmeralda. Ela é magnificamente bela, mas muito pálida; a cor marfim de sua pele é enfatizada pelo vestido completamente preto que ela usa. Prata fria e joias brilhantes de esmeralda a adornam. É Katarina Heydrich, a irmã do Conde, que olha fundo em seus olhos! Vá para 264.

67

Você está quase chegando à porta quando os ratos começam a guinchar e, então, correm para atacá-lo! Há muitos para que possa enfrentá-los. Você pode abrir a porta a oeste e atravessá-la (vá para 115) ou retornar ao pátio (vá para 163).

68

Katarina lhe lança um sorriso sedutor; você está cativado, e sabe que *precisa* fazer exatamente o que ela quer. Você concorda em matar o Castelão e segue suas ordens: sair, ir para o sul e pegar a segunda porta para o leste. Vá para 227.

69

Você superou o Vampiro, mas não tem poder para destruí-lo no fim das contas. Observando-o, acredita poder ver um sorriso se formando devagar no rosto dele. Um pequeno fio de sangue passa lentamente pelo queixo quando a presas são reveladas pelos seus lábios pálidos e mortos que lentamente se abrem. Você liberta Nastassia, se já não o tiver feito, e foge com ela, temendo por suas vidas. Embora haja tropeços e quedas, vocês finalmente retornam a Leverlehven. O povo está feliz em rever Nastassia; porém, quando ficam sabendo que o Conde ainda vive, ficam em silêncio e balançam as cabeças em desespero. Sua aventura pode ter acabado, mas sua jornada não foi concluída; você falhou.

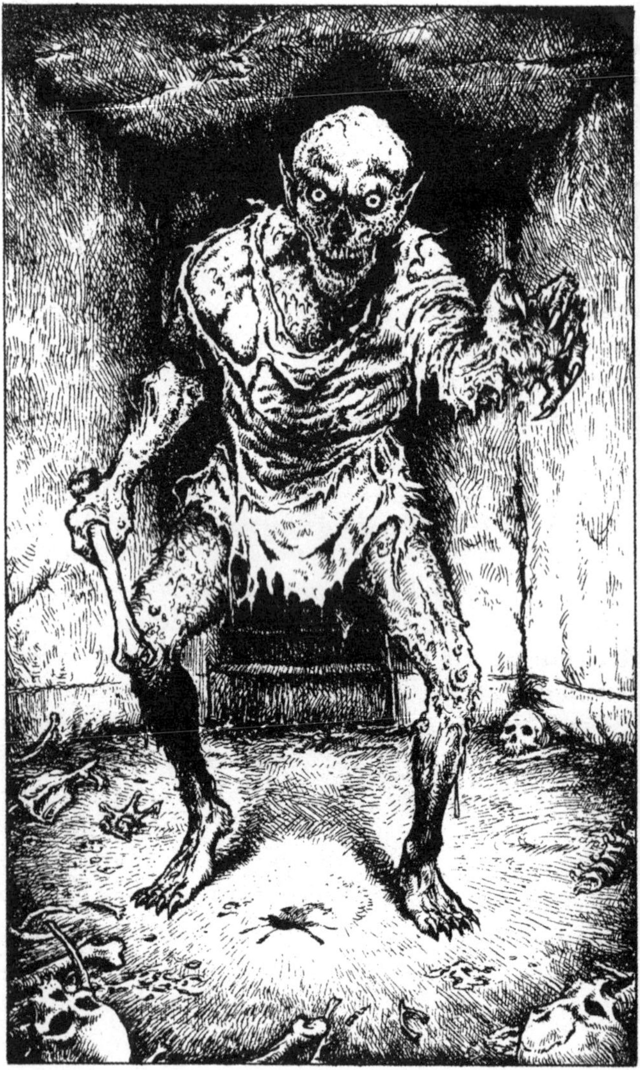

70

O carniçal pula em você com garras imundas e sangrentas, e com um bafo fedorento e quente contra seu rosto. Seus olhos são miniaturas de infernos de ódio intenso e fome por carne viva!

CARNIÇAL GIGANTE   Habilidade 8   Energia 11

Se o carniçal o atingir três vezes, vá imediatamente para **127**. Se vencer, vá para **159**.

71

Você tem uma espada mágica? Se tiver, vá para **199**. Se não tiver, vá para **143**.

72

O Conde Heydrich crava suas presas em sua garganta e suga, sedento, seu sangue quente e forte. Você perde a consciência por enquanto, mas em breve acordará dos mortos como seu servo sem mente! Sua aventura acaba aqui.

73
Usando sua lanterna para iluminar o caminho, você ouve lobos uivando na noite enevoada. O luar passa pelas brumas espiraladas e nuvens espessas para mostrar alguns detalhes do que está fora do pequeno círculo de luz quente de sua lanterna. Conforme os uivos se aproximam, um dos fachos do luar revela dois lobos logo à sua frente. São grandes, com pelos cinza-prateados, olhos amarelos e bocas sedentas — e estão vindo em sua direção. Você:

Ataca os lobos?	Vá para **121**
Joga comida para eles?	Vá para **218**
Tenta fugir?	Vá para **170**

74
"Para destruir Reiner, você precisa de um crucifixo e uma estaca," diz Siegfried. "Pegue aquele globo e se concentre na imagem mental de uma cruz prateada." Você faz isso, fechando seus olhos para se concentrar; quando os abre, a bola se foi, mas, em suas mãos, está

um pequeno crucifixo de prata! Anote o crucifixo na sua *ficha de aventura*. Vá para **35**.

75

Você se pergunta o que dizer, mas o Sábio fala livremente por conta própria. Em geral, ele fica conversando sobre como o Conde é cruel e como ele — o Sábio — precisa de mais dinheiro para livros. Você percebe que terá de pagar por essas informações, e que elas não serão baratas. Enquanto se pergunta quanto oferecer e como fazer isso de forma educada, o Sábio repentinamente anuncia: "É claro que, por uma boa quantia de ouro, eu posso deixá-lo entrar na biblioteca. Quem sabe o que você não poderia encontrar lá."

Você pode perguntar ao Sábio sobre várias questões, mas terá de pagar a ele por cada resposta que receber. Ele aceitará peças de ouro ou quaisquer itens de *tesouro* de valor igual. Você pode escolher o que deseja perguntar da lista abaixo, mas deve pagar por cada resposta que obtiver. O sábio exige o pagamento adiantado e não negocia! Para cada pergunta, a referência com sua resposta será indicada, e então o mandará de volta a esta referência. Você pode perguntar sobre:

Entrar na biblioteca (6 peças de ouro)	Vá para **146**
Onde encontrar o Conde (3 peças de ouro)	Vá para **254**
Parentes do Conde no castelo (3 peças de ouro)	Vá para **209**
Nastassia, a jovem perdida (2 peças de ouro)	Vá para **185**
O que há na cripta (2 peças de ouro)	Vá para **303**
Quaisquer *moléstias* que tenha (2 peças de ouro)	Vá para **394**

Após ter terminado de pagar pelas informações (e reduzido o valor no seu *tesouro* de acordo com isso), você deixa o Sábio com seus livros e manuscritos velhos e mofados. Se o Sábio tiver lhe dado um item, você segue suas orientações: vá para **332**. Se não, você sai e retorna à passagem lá fora: vá para **47**.

76

O Conde tem uma resistência incomum a essa magia. Role um dado. Em uma rolagem de 5 ou 6, ele consegue escapar da força completa do raio e sofre somente 3 pontos de dano. Caso você role qualquer outro número, ele sofre o valor total de 6 pontos de dano. Agora, enfrente-o. Você pode utilizar a magia de *Golpe Poderoso* se a tiver (vá para **346**); de outro modo, vá para **26**. Lembre-se de anotar quantos pontos de Energia o Conde já perdeu.

77

Você percebe bem rapidamente que o homem é forte, ágil e esperto. Seu oponente é bem perigoso!

ERMITÃO   Habilidade 10   Energia 7

Se sobreviver, e se não tiver dormido na cabana do gnomo, você *deve* dormir; não será perturbado e recupera 4 pontos de Energia por esse descanso. Você pode vasculhar a cabana; vá para **177**. Quando for o momento de continuar sua jornada, vá para **228**.

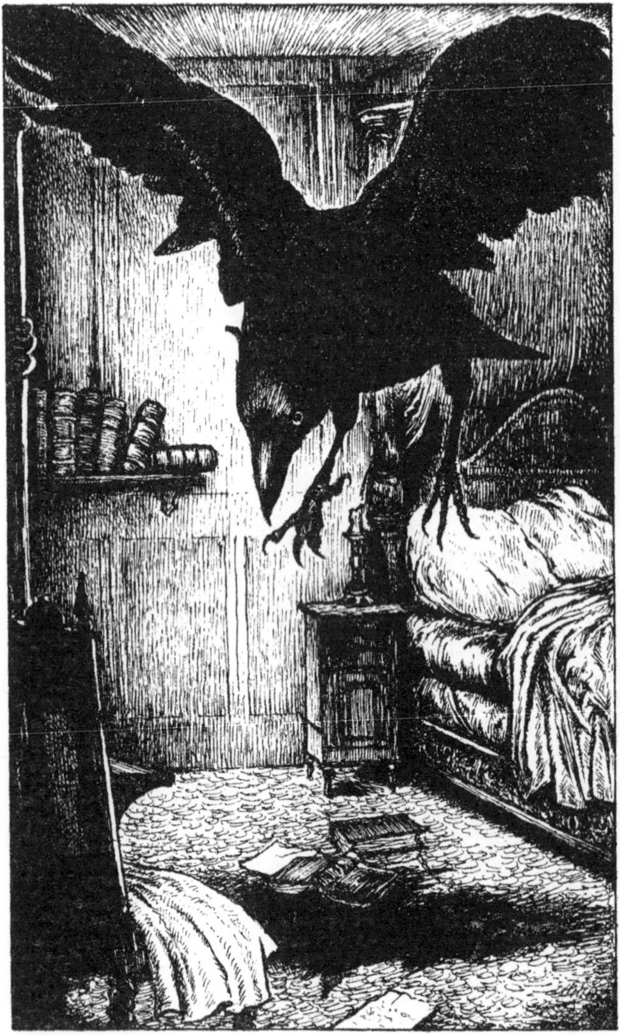

78

Durante sua busca, você encontra um total de 4 peças de ouro (adicione-as a seu *tesouro*), mas também encontra o bichinho de estimação do jovem, um enorme e ameaçador corvo. Pousado sobre uma mesinha no quarto de Wilhelm, o animal voa para atacá-lo!

CORVO GIGANTE   HABILIDADE 7   ENERGIA 6

Se o corvo o ferir, vá para 360. Se vencer, você decide atravessar a porta no final do corredor indo para sul; vá para 252.

79

O Alquimista Karl-Heinz o deixa e entra em seu laboratório pela porta a norte desta sala; meia hora depois, ele volta com um líquido verde e borbulhante em um vidro cônico. Em seu ombro, pousa um pequeno homúnculo verde e alado. Ele lhe dá um sorriso maldoso quando você entrega suas 8 peças de ouro (deduza-as de seu *tesouro*) e bebe essa coisa nojenta. O gosto é completamente horrível, e você se sente fraco e doente após beber. Perca 4 pontos de ENERGIA. Mas *funciona*, e você está curado de sua *moléstia de licantropia grave* (ajuste sua *ficha de aventura* de acordo). Com alívio, você agradece ao Alquimista e sai pela porta na parede a oeste de sua sala. Vá para 373.

80

Você sente que Katarina fez algum tipo de tentativa de te controlar por magia, mas falhou. Rosnando de frustração e raiva, ela lhe ordena que saia. Ela começa a preparar uma magia, mas você é rápido o bastante para fugir! Vá para **31**.

81

Enfrente os zumbis um de cada vez. Você está em desvantagem numérica, mas um guerreiro corajoso não deve temer essas criaturas lentas e sem mente!

	HABILIDADE	ENERGIA
Primeiro ZUMBI	6	5
Segundo ZUMBI	7	5
Terceiro ZUMBI	6	6

Se vencer, vá para **11**.

82

Você sobe de volta para o caixão e sai da Catacumba. Com o fantasma desaparecendo enquanto você se retira. Você sobe as escadas de volta à junção em T e, de lá, pode descer as escadas a leste (vá para **108**) ou as escadas a sul (vá para **161**).

83

Você tem uma espada mágica? Se tiver, vá para **129**. Se não tiver, vá para **231**.

84

Lothar era um homem bom e decente, e você o matou sem necessidade. Perca 2 pontos de FÉ e 1 ponto de SORTE. Vá para **25**.

85

Se você tiver a *maldição do curandeiro*, vá para **186**. Se não tiver essa moléstia, vá para **206**.

86

Você gira sua lanterna e afasta os morcegos. Eles voam, guinchando, no breu da noite. Você vê diante de si, no campanário sujo, alguns sinos de bronze velhos e um sino de prata que parece brilhar com uma luz azul muito tênue. Role um dado e adicione 3. Se o total for menor ou igual à sua Fé, vá para **179**. Se o total for maior que sua Fé, vá para **233**.

87

Você passa pela porta destrancada e se vê em uma sacada de pedra por sobre o pátio. Essa sacada se estende a leste e a oeste e também vira para o sul na sua ponta a leste. Há três outras portas que saem da sacada. Uma delas está à sua direita e claramente leva a uma câmara próxima à torre a sudoeste; se quiser abrir esta porta, vá para 128. Uma segunda porta está no meio da virada a sul, no lado a leste; se quiser abrir esta porta, vá para 302. A porta final está no extremo sul da sacada, mais distante de você; se quiser abrir a porta, vá para 244.

88

Esta é uma decisão tola! O monstro já estava próximo à porta, e você não tem tempo de fugir por lá. O carniçal fétido o atinge: perca 2 pontos de Energia. Vá para 122.

89

Role dois dados. Se o total for menor ou igual à sua Habilidade, você passa se esgueirando pelo cachorro e pega a comida e o ouro. Se o total for maior que sua Habilidade, você acorda o cachorro e terá de enfrentá-lo. De qualquer forma, vá para 40, mas, se não tiver acordado o cachorro, você não precisa enfrentá-lo e pode simplesmente pegar a comida e o tesouro listados na referência 40.

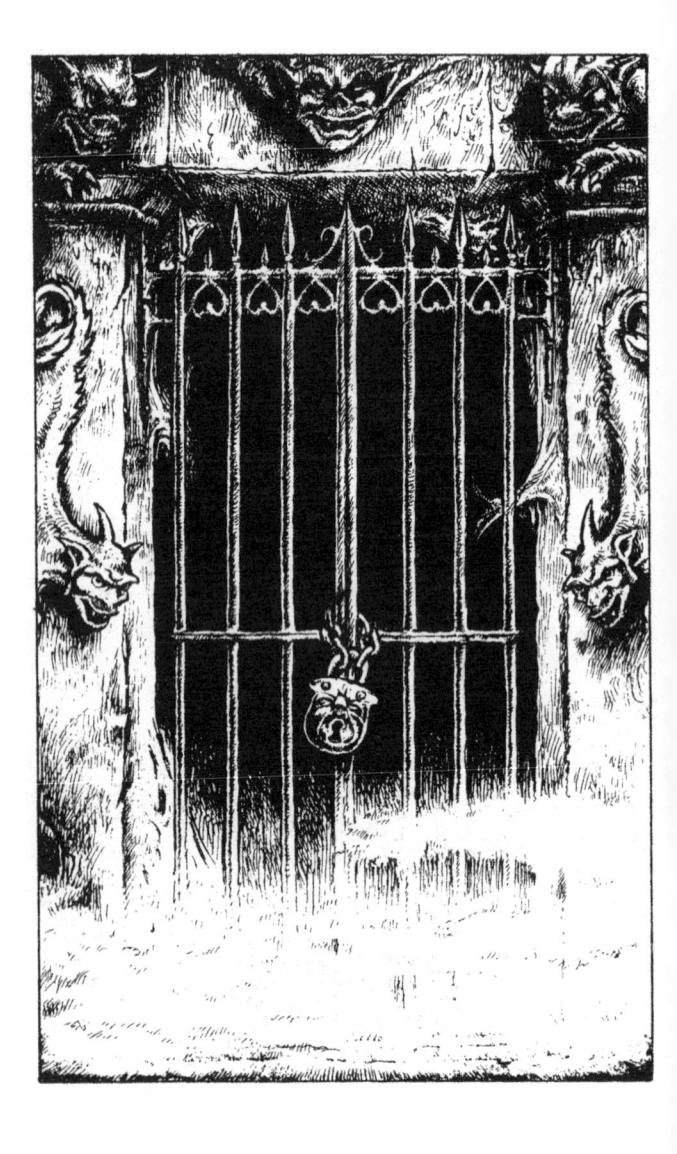

90

A cripta tem uma entrada de pedra com degraus descendo. Cabeças de gárgulas horrendas com sorrisos demoníacos te olham, intimidadoras, e os portões pesados e de ferro estão firmemente trancados. Às suas costas, você escuta rosnados em algum lugar atrás das portas a oeste e decide não investigá-las, mas você irá:

Tentar forçar os portões da cripta?	Vá para **141**
Abrir a porta a sul no pátio, se já não tiver feito isso?	Vá para **18**
Seguir para as portas de bronze a norte?	Vá para **2**

91

Andando para a frente, seu peso ativa uma armadilha de buraco escondida. Você cai pesadamente em um chão de pedra, três metros abaixo. Perca 4 pontos de ENERGIA. Além disto, se estiver carregando conhaque ou água benta, seus frascos se quebraram e você deve riscá-los de sua *ficha de aventuras*. Você consegue subir para fora do buraco: uma armadilha simples, mas eficiente, pelo menos no seu caso. Vá para **157**.

92

Gunthar não carrega armas e você pode matá-lo com facilidade; porém, quando o faz, ele põe a mão em seu pescoço e sussurra uma maldição em você. Você sente uma dor lancinante — perca 3 pontos de ENERGIA — e, quando verifica, pode sentir um pedaço da pele molhado de sangue e dolorido. Você agora tem a *maldição do curandeiro*, então registre isso na sua caixa de *moléstias*. Vasculhando as salas, você consegue 3 peças de ouro (adicione isto ao seu *tesouro*), mas nada mais de valor. Você retorna ao patamar, abrindo a porta a oeste de lá; vá para **294**.

93

Que magia lançará?

Muralha de Energia?	Vá para **194**
Raio de Jandor?	Vá para **125**
Estilhaçar?	Vá para **109**

94

"Você tem o Livro", diz a aparição, em tom aprovador. "Minha espada está presa dentro dele. A magia de Reiner utilizou sangue para colocá-la ali, e sangue é necessário para tirá-la de volta". Siegfried aponta um cálice ornamentado e de prata na mesa. "Você deve dar sangue para libertar a Estrela Noturna. Isto lhe custará energia, mas a arma não tem igual." Se estiver pronto para fazer isto, vá para **328**. Se não quiser sofrer a redução de sua ENERGIA, ou se simplesmente não estiver disposto a concordar, você pode perguntar a Siegfried se há qualquer outro jeito de obter uma arma que destrua o vampiro: vá para **374** — a menos que já tenha uma Estaca; nesse caso, vá para **14**.

95

Pelos começam a surgir nas costas de suas mãos e seus dentes caninos crescem por cima de seu lábio inferior! Perca 1 ponto de sua FÉ e 1 ponto de sua SORTE; você agora sabe que, se não conseguir ajuda rápido, estará em sérios apuros! Mude *licantropia* para *licantropia grave* na caixa de *moléstias* em sua *ficha de aventura*. Você foge e pode abrir a porta na ponta a leste do corredor (vá para **351**) ou correr para sul ao longo do corredor (vá para **166**).

96

Você corta o braço no cotovelo e a mão para de segurar; o que parece ser sangue fresco espirra no chão. Você fica chocado ao escutar o som de choro de uma das cabeças humanas, selada em uma campânula; perca 1 ponto de Fé e 1 ponto de Sorte. Você foge deste lugar; de volta à junção. Pode abrir a porta a leste (vá para **371**) ou a porta a sul (vá para **8**).

97

Risos zombeteiros ecoam pela passagem a oeste. Você vê um homem alto e de cabelos escuros em um manto preto e vermelho, facilmente reconhecível por seu cabelo de bico de viúva e seus olhos vermelhos e brilhantes. O Conde! "Você não é uma ameaça para mim, seu verme insignificante", ele diz, com escárnio, se cobre em seu manto e se transforma em um morcego gigante. Então, voa para longe rapidamente e você não consegue acompanhá-lo. Vá para **47**.

98

Os cabelos na sua nuca se eriçam quando você sente que algo profundamente maligno está na sala! Virando-se, vê uma forma humana esverdeada e fantasmagórica na porta. Você não pode fugir, o combate é inevitável — mas você tem tempo para realizar *uma* ação antes de ser forçado a lutar. Tem tempo para comer rápido alguma comida, ou beber uma poção, para recuperar ENERGIA perdida, se puder; ou pode tentar atingir o espectro com sua espada. Se quiser tentar acertar o morto-vivo, vá para **3**. Se quiser realizar alguma outra ação, decida qual será, e então vá para 117.

99

Embora haja uma sensação de mal indescritível no castelo, você também consegue sentir uma poderosa aura benigna no lugar. Do centro da parede a norte, há *algo* — mágico, talvez? Como você não pode entrar nessa parte do castelo diretamente, terá de entrar nos portões principais para descobrir. Vá para 326.

100

Você se sente horrivelmente fraco quando os tentáculos da névoa vampírica dão um golpe certeiro na parte ensanguentada do seu pescoço. Perca 2 pontos de ENERGIA da dor e você perderá mais 2 pontos de ENERGIA em cada *rodada de ataque* devido ao sangramento, independente de quem tenha a maior *força de ataque*, até que destrua a névoa! Vá para **42** e termine a luta.

101

Você abre a porta norte no salão de entrada e vê um corredor bem iluminado se estendendo à sua frente. O chão tem ladrilhos e há pequenas pinturas em aquarela penduradas na parede. À sua frente, há uma porta na parede leste e, mais à frente, uma na parede oeste; entre as duas, há uma passagem lateral a leste. Também há uma porta diretamente à sua frente na ponta norte do corredor. Você:

Abre a porta norte?	Vá para **332**
Abre a porta leste?	Vá para **172**
Abre a porta oeste?	Vá para **221**
Vai pela passagem lateral a leste?	Vá para **353**

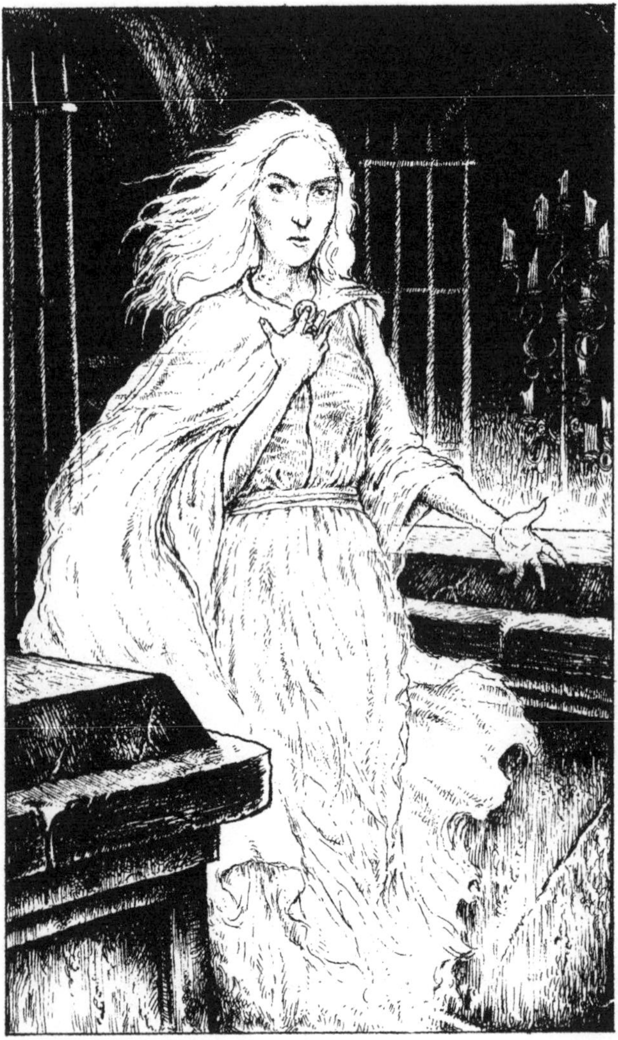

A garota fantasmagórica se comunica com você por telepatia. *Eu sou Jandor, uma das vítimas de Katarina"*, ela lhe diz. *"Eu fui pega de surpresa e minha magia não foi capaz de me ajudar antes de eu ser sangrada até a morte. Você estremece, contemplando um fim tão terrível. Não há tempo para isto. Minha tumba* — ela aponta — *meu anel de armazenamento de magias está nela. Ele o ajudará em sua missão. Todos aqueles que foram enterrados aqui foram consumidos pelos Heydrichs ao longo dos anos. Traga-nos nossa vingança."* Você assente com a cabeça, lançando para ela um olhar sombrio; você não busca nada mais do que isso!

O fantasma da jovem maga observa enquanto você abre a tumba e pega o anel simples de ouro da mão esquelética dela. O anel originalmente tinha seis magias armazenadas, mas agora só restam três. Cada magia é utilizável somente uma vez. Role um dado três vezes para obter três números diferentes entre 1 e 6, e então consulte a lista abaixo para ver que magias do anel sobraram para você. (Rerrole quaisquer números duplicados.) Para cada magia, vá para a referência que a descreve; você então será levado de volta a esta referência.

Se rolar 1, a magia é *Muralha de Energia*	Vá para **232**
Se rolar 2, a magia é *Golpe Poderoso*	Vá para **160**
Se rolar 3, a magia é *Raio de Jandor*	Vá para **273**
Se rolar 4, a magia é *Magia da Sorte*	Vá para **323**
Se rolar 5, a magia é *Estilhaçar*	Vá para **222**
Se rolar 6, a magia é *Cura Verdadeira*	Vá para **120**

Quando tiver determinado as três magias no anel, registre-as na caixa de Magias em sua *ficha de aventura*. Você sai com a bênção da fantasma; vá para **59**.

103

Lute contra lobos, um de cada vez, na entrada.

	Habilidade	Energia
Primeiro LOBO	6	5
Segundo LOBO	7	6

Se vencer, você vasculha, mas não encontra nada de valor. Agora, você:

Segue para a cripta?	Vá para 90
Abre as portas a sul no pátio?	Vá para 18
Abre as portas de bronze para o norte?	Vá para 2

104

"Você já tem o que precisa para destruir Reiner em seu caixão", sussurra Siegfried suavemente. "Ele descansa a sul daqui; você sabe onde encontrá-lo, mas temos mais trabalho aqui. Pegue esse globo e se concentre nele. Se tiver fé o suficiente, vai lhe servir bem." Role um dado e adicione 4. Se o total for menor ou igual à sua Fé, vá para 12. Se o total for maior que sua Fé, vá para 56.

105

Você ganha um ataque livre no primeiro zumbi, que recua — e, em um golpe de sorte, você o mata instantaneamente! Ganhe 1 ponto de Sorte. Vá para 81 e lute somente contra o segundo e o terceiro zumbis.

106

Katarina segura uma adaga extremamente afiada na mão esquerda — e sabe manuseá-la excepcionalmente bem! Se você tiver tido a chance de golpeá-la antes, pode subtrair 2 de seu valor de Energia dado abaixo.

KATARINA
HEYDRICH   Habilidade 10   Energia 10

Você pode enfrentá-la de várias formas. Você a ataca primeiramente:

Usando sua espada?	Vá para **164**
Usando uma magia?	Vá para **29**
Jogando água benta nela?	Vá para **23**
Usando um Espelho de Prata, torcendo para que ela recue?	Vá para **145**

Após fazer sua escolha, você será levado de volta a esta referência. Se sua Energia em um dado momento for reduzida a 5 ou menos, vá imediatamente para **237**. Se vencer, vá para **400**.

107

Você consegue golpear o carniçal uma vez enquanto ele tenta se afastar de você, mas, após você o atingir, ele revida! Vá para **70** para lutar, e você pode subtrair 2 do total de Energia dado para este monstro.

108

Você desce as escadas a leste até que está de pé diante de uma porta negra com uma placa prateada onde se lê, simplesmente, "Adolf". Abrindo o portal, você entra em uma pequena câmara; lá, fica um sarcófago de pedra em cima do qual está um guerreiro esculpido em pedra segurando uma espada longa. Nas paredes desta câmara, há várias armas — espadas e arcos — e um par de escudos com desenhos heráldicos desbotados, mas estes estão enferrujados e inúteis em combate. Agora, você:

Tenta abrir o sarcófago?	Vá para **213**
Sai, sobe as escadas e vai para sul?	Vá para **161**
Sai, sobe as escadas e vai para norte (se já não o tiver feito)?	Vá para **257**

109

A magia parte a espinha do monstro, destruindo-o instantaneamente. O resto do brilho verde malevolente se esvai de suas órbitas e a grande foice negra cai ruidosamente no chão. Vá para **224**.

110

Role dois dados. Se o total for menor ou igual à sua HABILIDADE, vá para **156**. Se for maior que sua HABILIDADE, vá para **214**.

111

A rota de fuga do Conde é bloqueada pela *Muralha de Energia*, que o contém! Ele volta à forma humana, rosnando, em fúria, e corre para voltar ao ataque. Acabe sua luta com ele e vá para **212**.

112

A magia funciona normalmente, mas, para ganhar o dano extra, você *deve* ter a *força de ataque* maior nesta *rodada de ataque* — ou a magia falhará. Vá para **164**.

113

O gnomo Snivel puxa uma adaga e você percebe que a lâmina tem uma descoloração — veneno! Se Snivel conseguir atingi-lo, você deve perder 4 pontos de ENERGIA em vez de 2, devido aos efeitos do veneno. Além disso, o gnomo é atlético, desviando e se balançando, então não é fácil atingi-lo!

| GNOMO | HABILIDADE 8 | ENERGIA 6 |

Se vencer, você:

Vasculha a casa do gnomo?	Vá para **358**
Pega o barco e cruza o rio?	Vá para **138**
Atravessa a pé o rio raso?	Vá para **187**

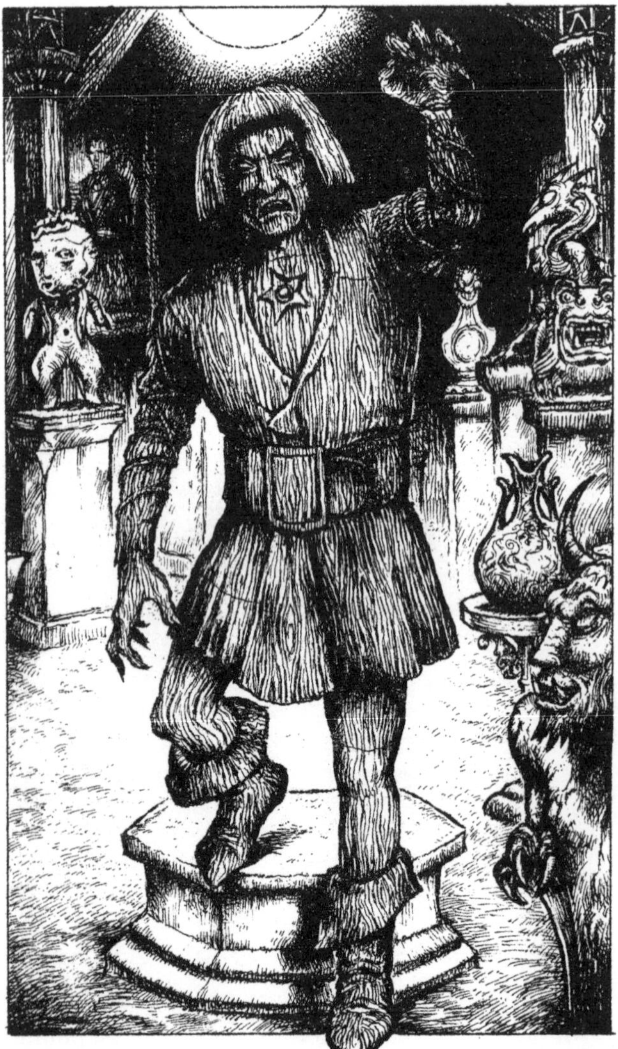

114

Você entra em uma grande câmara, iluminada por um globo de luz mágica no ar. A sala é cheia de objetos de arte. Pinturas, ornamentos de cristal, vasos, antiguidades e outros itens valiosos estão em pedestais e estandes ou afixados nas paredes daqui. Uma fortuna — mas você não pode carregar! Você começa a buscar qualquer coisa pequena que possa carregar e levar como tesouro. Enquanto faz isso, uma das esculturas de madeira começa a tremer e avança para atacá-lo; ela está entre você e a porta, então, será preciso enfrentá-lo!

GOLEM
DE MADEIRA   HABILIDADE 8   ENERGIA 6

Se vencer, vá para **168**.

115

Você abre a porta com tudo e depois a bate atrás de você para manter a horda guinchante afastada. Você acaba em uma câmara empoeirada com uma escadaria de madeira em espiral indo para cima; está escuro e cheio de teias de aranha, então você precisa de sua lanterna para enxergar. Quando você vai para os degraus de madeira imundos, duas figuras humanoides emergem das sombras. O fedor da morte é forte neles, e suas mãos meio apodrecidas agarram espadas enferrujadas! Role um dado e adicione 2. Se o total rolado for menor ou igual à sua Fé, vá para **217**. Se o total for maior que sua Fé, vá para **265**.

116

Lothar lhe pede para se virar enquanto ele pega algo de uma alcova na parede com uma porta secreta. Ele retorna com um monte de chaves e uma estaca de madeira com uma ponta de prata. "As chaves vão lhe ajudar a entrar nos quartos do Conde", ele diz, entregando as Chaves do Guardião (adicione-as à sua *ficha de aventura*). "O Conde dorme na cripta, mas a chave da cripta está em sua sala ao sul. Você precisará ir para o sul e abrir a porta na ponta do corredor por fora." A Estaca com Prata, ele explica, pode destruir o Conde enquanto ele dorme em seu caixão (adicione isto à sua *ficha de aventura* também).

Lothar parece pensativo por um momento e então lhe diz: "Eu escutei o Conde resmungar para si mesmo sobre algo que ele escondeu não muito longe com uma trava mágica. Ele dizia "Para a frente e para trás", "Para a frente e para trás". Ele repetia isso várias vezes e então ria para si mesmo. Eu não sei o que ele queria dizer, mas queria dizer algo com certeza. Ele pode ser maligno, mas não é louco!" Essa história não faz sentido para você agora, mas quem sabe o que você pode descobrir depois?

Você agradece Lothar por sua ajuda valiosa, deseja a ele tudo de bom e segue suas orientações para ir para a porta na ponta sul do corredor lá fora: vá para **319**.

117

Você tem uma espada mágica? Se tiver, vá para **298**. Se não, vá para **208**.

118

Você entra em uma sala grande com todos os tipos de equipamento estranho: tabelas e desenhos mostrando os planetas nos céus, várias ervas, formações rochosas e um monte de outras coisas. Tudo isto está espalhado sobre bancos e mesas, pregado em paredes e até mesmo largado no chão! Sentado em uma mesa está um homem magro, alto e de cabelos brancos, com óculos pince-nez pousados precariamente em seu nariz curvado; está olhando alguns diagramas intrincados e resmungando para si mesmo. Ele o olha. "Er, prazer em conhecê-lo, acho. Sou Karl-Heinz Matthaus, Alquimista em Residência. Posso ajudar com alguma coisa?" Parece estar desarmado e ser um senhor gentil. Ele volta os olhos para o trabalho, claramente sem interesse em você, que vai:

O atacá-lo?	Vá para **251**
Tentar conversar com ele?	Vá para **205**
Sair pela porta na parede oeste?	Vá para **373**

119

Katarina começa a planejar e tramar. "Há algo que pode matar Reiner: uma estaca com ponta de prata, que foi abençoada por um homem santo. Infelizmente, só há uma dessas no castelo, e é guardada pelo meu mais mortal inimigo, Lothar, o Guardião. Ele vem planejando me matar há meses. Eu lhe imploro que o mate por mim, e então você poderá obter a estaca e matar Reiner. Lothar nunca a dará de bom grado!" Você concordará em ir e matar Lothar (vá para **198**) ou se recusará a matá-lo (vá para **248**)?

120

Cura Verdadeira é uma magia poderosa que recuperará pontos de ENERGIA perdidos para você, até a metade de sua ENERGIA *inicial* (arredondada para cima), Assim, por exemplo, se sua ENERGIA *inicial* era 17, a magia curará 9 pontos de ENERGIA perdidos. Você pode lançá-la a qualquer momento, exceto durante combate. Volte para **102**.

121

Você deve enfrentar os dois lobos juntos aqui. A cada *rodada de ataque*, role dois dados para determinar a *força de ataque* sua e de cada lobo. O combatente com a maior *força de ataque* dentre os três acertará uma perigosa espadada ou dentada durante aquela *rodada de ataque*. Caso consiga acertar um dos lobos, role um dado para ver que lobo acerta. Em uma rolagem de 1—3, você acerta e fere o primeiro lobo; em uma rolagem de 4—6, você acerta e fere o segundo lobo. Os lobos correm à sua volta, avançam e fogem de você, então qual você acerta é questão de sorte!

	Habilidade	Energia
Primeiro LOBO	6	5
Segundo LOBO	7	8

Se vencer, mas não antes que o segundo lobo o tenha mordido pelo menos uma vez, vá para **266**. Se vencer sem ser mordido pelo segundo lobo, vá para **314**.

122

Sua Fé é inútil contra esse carniçal fétido, uma criatura movida por uma malevolência que foi se tornando insaciável ao longo de anos de prisão, então você deve lutar! Devido ao odor nauseabundo, deve subtrair 2 de sua Habilidade somente durante este combate.

CARNIÇAL FÉTIDO	Habilidade 8	Energia 9

Se o carniçal fétido o atingir três vezes, vá imediatamente para **127**. Se vencer, vá para **180**.

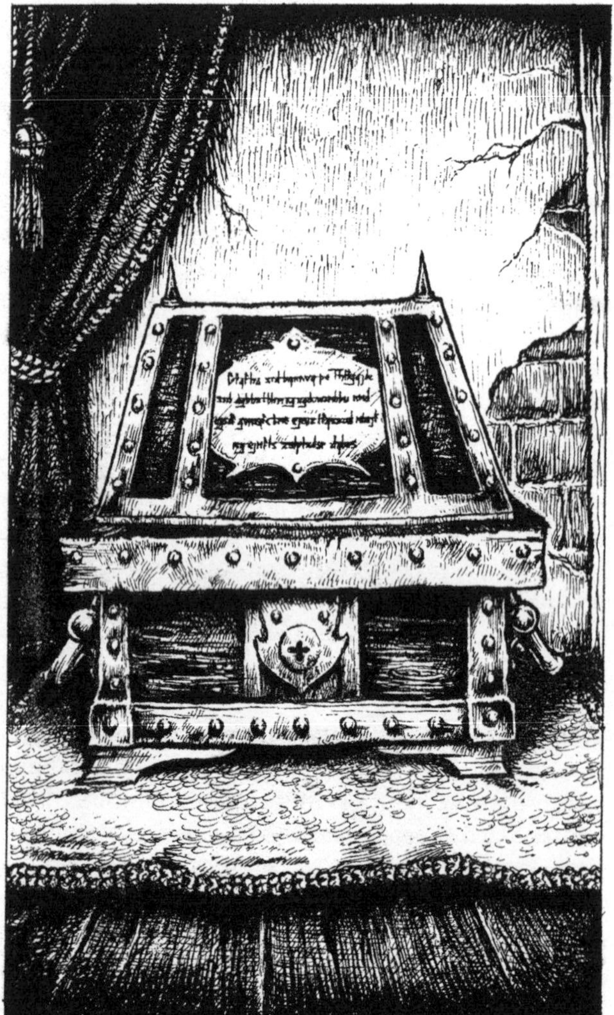

123

Há um conjunto de runas obscuras na placa; você consegue decodificá-las em letras, mas elas não fazem sentido. Você supõe que devam soletrar alguma frase oculta para liberar uma trava mágica no baú e então libertar o tesouro lá dentro. O que quer que esteja ali tem muito valor para ser protegido assim! As letras são:

Djt z bqnzetsz ed Thffgqjde
z dnuz ed nzmgb cp ubjfmud
uqfxfmunt d dhopvdosb dmnt rfobqbcpr
ent lbht gbajjjcprpr bqndjqpr

Simples, não? Quando tiver decodificado a transcrição, saberá o número referido nela; vá para a referência com o mesmo número para obter o tesouro dentro do baú, o que você pode fazer sussurrando o nome da pessoa aludida. Se decidir desistir e deixar esse belo tesouro para trás, indo para a cripta, vá para **191**.

124

A aparição o golpeia com suas garras gélidas. Você tem uma espada mágica? Se tiver, vá para **200**. Se não, vá para **231**.

125

Essa magia é inútil. Embora esquelético, este monstro é especialmente encantado, e não uma criatura morta-viva. Você terá de enfrentá-lo. Vá para **22**.

126

Você tosse e o homem, acordando, o olha, ansioso. Ele lhe oferece pão e sopa quente de uma panela no fogo (isso restaurará 4 pontos de ENERGIA perdidos) e lhe informa quem ele é e o que faz aqui.

O ermitão, Barandrun, diz que foi um guerreiro, mas se cansou de uma vida de batalhas e sangue. Agora, prefere viver sozinho, em paz com as criaturas da floresta. Porém, elas desapareceram em sua maioria, e isso o preocupa e entristece. Ele tem certeza de que é o mal do castelo Heydrich que está afastando os animais. Você se sente confiante de poder contar a ele sobre sua missão. Ele o elogia por sua bravura e diz que pode ser capaz de ajudá-lo um pouco. Ele sabe que há pelo menos um homem bom no castelo que pode ajudar. Lothar, o Guardião do castelo, costumava ser amigável para com

Barandrun. "Mas eu não o vejo há alguns meses. Nem sei se ele ainda está vivo. Talvez ele também tenha ficado sob a influência do Conde, ou sido exterminado. Mas, se você o encontrar, ele pode ajudá-lo."

Barandrun também lhe dá um presente: um colar de dentes de alho que ele pega de um pequeno jardim de ervas nos fundos de sua cabana. A pedido dele, você o coloca em seu pescoço; anote o alho em sua *ficha de aventura*. Barandrun lhe oferece um lugar para ficar. Se não tiver dormido na cabana do gnomo, você deve dormir aqui (recupere 4 pontos de Energia perdidos). Tendo dormido aqui ou não, você segue com sua jornada de tarde: vá para **228**.

127

O terceiro e último golpe do carniçal o paralisa e a coisa repulsiva se prepara para devorar seu corpo imóvel. Você ainda está consciente enquanto é comido vivo, um final horrível para você! Sua aventura termina aqui.

128

Você destranca a porta enferrujada e encontra escuridão atrás dela; será preciso ter luz aqui. Entrando, você distingue várias armaduras e troféus militares pela parede

— uma cabeça de veado com chifres amplos, a cabeça peluda de um enorme javali selvagem, e outras. A sala é úmida e empoeirada e há teias de aranha em todo canto. De repente, há um ruído surdo e enferrujado e uma das armaduras, armada com um bardiche, caminha aos tropeços em sua direção! Você pode ficar e lutar (vá para **153**) ou tentar fechar a porta e trancá-la atrás de si, escapando dessa criação mágica (vá para **215**).

129

Você consegue acertar na aparição que recua antes de poder atacá-lo. Vá para **200** e deduza 2 pontos de ENERGIA do total ali atribuído para a aparição; é o dano que seu golpe inicial lhe infligiu.

130

Você recua rapidamente para evitar uma pequena nuvem de gás verde que foi solta de um frasco despedaçado; ela se dispersa rapidamente, então você avança com cuidado para investigar o que o Conde escondeu aqui.

Você encontra um monte de cartas de vários dos servos mauristatianos do Conde; as autoridades de lá terão interesse nelas! Você também encontra, embrulhado em um pano de seda branco, um frasco de cristal ornamentado contendo um líquido incolor e inodoro. Pelas marcas no frasco, suspeita que possa ser água benta, que o Conde escondeu para mantê-la longe de qualquer pessoa que queira usá-la contra ele. Você a leva, então adicione água benta às suas *ficha de aventuras*. Finalmente, você pega um lindo broche de ouro com rodocrositas e um topázio; um *tesouro* que vale 7 peças de ouro. Agora, você abre o cofre. Vá para **271**.

131

Você entra em um salão onde tapetes discretos e mobília de madeira simples estão espalhados. Você nota adornos de parede exibindo uma variedade surpreendente de ervas e outras plantas, e uma porta aberta a oeste. Da porta, um homem entra; ele o olha, distraído. Ele é de meia idade e tem longos cabelos pretos acinzentados que começam em um bico de viúva sobre seu rosto, que é dominado por seus olhos verdes pálidos. Ele está vestido de forma simples, em robes brancos e cinza, e carrega uma bandeja com um decantador e canecos, que ele põe na mesa quando o saúda. "Sou Gunthar Heydrich. Por que está aqui?" ele lhe pergunta. Ele parece gentil o bastante. Você fala com ele (vá para **15**) ou o ataca, por desconfiar de qualquer membro da família Heydrich (vá para **92**)?

132

Inclinado sobre os restos do Conde, você é despertado de sua exaustão pela voz de Nastassia lhe chamando. Você a liberta de suas correntes (se já não o tiver feito). Seus profundos olhos azuis olham nos seus e ela o abraça, abençoando-o por salvá-la de um destino terrível. Por um golpe de sorte, ela é uma curandeira, e cuida bem de seus ferimentos; recupere 4 pontos de ENERGIA perdidos. Você lhe diz o quanto está feliz por tê-la libertado do maligno Conde Vampiro, mas os olhos de Nastassia se arregalam e ela responde: "Não, não era ele que iria me matar! Era a irmã dele!" Você tem uma sensação horrível no fundo de seu estômago... e então ela está aqui, de pé na sala diante de você, olhando direto para seus olhos! Se já tiver encontrado Katarina Heydrich, vá para **178**. Se não a tiver encontrado antes, vá para **66**.

133

Os morcegos o cercam e você não pode ver nada enquanto tenta espantá-los. Seus dentinhos afiados estão ensanguentados após terem comido algo — ou talvez alguém. Há muitos para enfrentar; você não tem escolha a não ser descer as escadas de volta. Você pode tentar subir novamente no campanário, esperando que os morcegos tenham ido embora (volte para **33**) ou ir para o pátio principal (vá para **380**).

134

Karl-Heinz concorda em preparar a poção por um valor reduzido, mas vai cobrar todo o *tesouro* que você tem! Vá para **79**.

135

Você vasculha esta sala e pega alguns pequenos badulaques que valem 4 peças de ouro. Adicione isso ao seu *tesouro*. Há somente uma outra porta nesta sala, na parede oeste, então você decide abri-la. *Teste sua Sorte*. Se for *sortudo*, vá para **315**; se for *azarado*, vá para **253**.

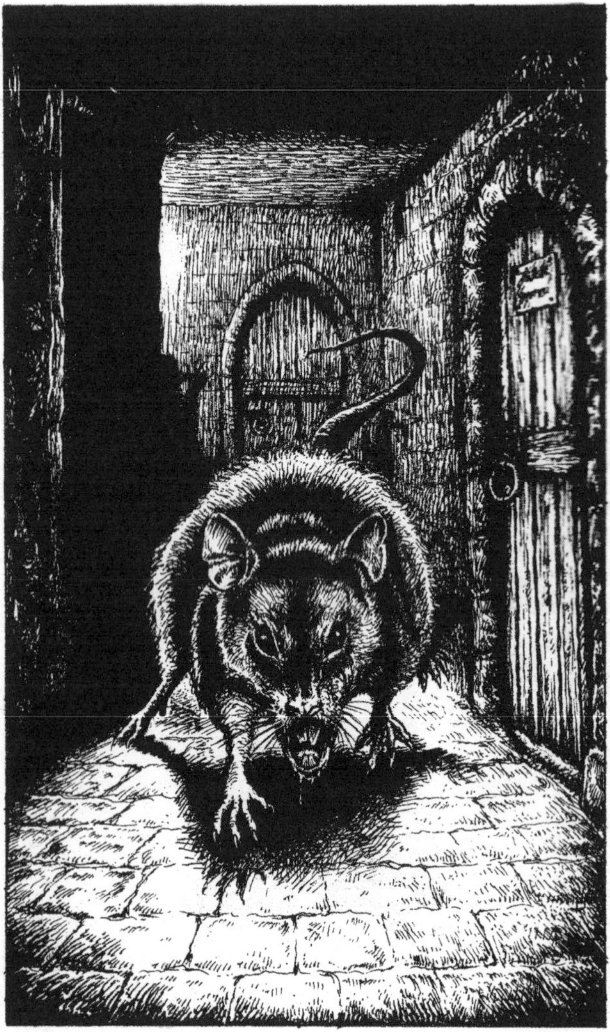

136

Uma enorme sombra de repente bloqueia a passagem. Um rato enorme, do tamanho de um cachorro grande, rosna e galopa pelo corredor até você. Seus olhos vermelhos brilham com malevolência e, embora um de seus dentes incisivos afiados e amarelados esteja quebrado, ainda parece que uma mordida pode ser bem desagradável! Ele é tão rápido que você não tem tempo de fugir; é preciso lutar.

RATO GIGANTE   HABILIDADE 7   ENERGIA 8

Se vencer, vá para **97**.

137

Beber vinho tinto no castelo de um Vampiro? Não é vinho tinto, é sangue, e parece estar ainda fresco! Você o cospe fora, horrorizado, e perde 1 ponto de FÉ. Decidindo não correr mais riscos, você segue para a porta a oeste. Vá para **45**.

138

Você sobe no barquinho, mas ele não tem remos — e nem velas ou leme — e simplesmente não se move. Você sai de volta para procurar alguma coisa para usar de remo — mas, quando faz isso, a embarcação vai até o meio do rio e fica parada lá. Você entra para tentar chegar nela, mas, sempre que se aproxima, ela se move para longe de você por conta própria. É, obviamente, uma embarcação mágica — e você não tem como controlá-la. Você terá de atravessar a pé, no fim das contas. Vá para **187**.

139

Role dois dados e adicione 3 ao total. Se o resultado for menor ou igual à sua HABILIDADE, você por pouco consegue fechar a porta e sair: vá para **320**. Se o resultado for maior que sua HABILIDADE, você não consegue escapar a tempo e precisa lutar, então vá para 52.

140

O Vampiro recua, com nojo do alho em seu pescoço, e o ataca, frustrado! Reduza 2 pontos de sua ENERGIA, mas o encanto está quebrado. O Conde Reiner Heydrich está bem diante de você, então você terá de enfrentá-lo com sua espada. Você pode usar *Golpe Poderoso* se quiser e possuir esta magia (vá para 346), ou simplesmente partir para cima dele com sua arma imediatamente (vá para 26).

141

Os portões são feitos de barras de ferro sólidas, de quase três centímetros de espessura; você não pode abri-los. Role um dado e adicione 2: se o total for menor ou igual à sua FÉ, vá para 192. Se for maior que sua FÉ, vá para 243.

142

Enquanto vasculha, um dos braços nas estantes de repente agarra o seu braço e segura bem firme. Não te machuca, mas não solta. Você pode tentar golpear o membro com sua espada, já que o braço que a usa não está preso (vá para 96), ou só esperar e ver o que acontece (vá para 38).

143

Você golpeia Katarina com sua espada, mas isso não a fere! Rindo, ela saca uma adaga azul-gelo para golpeá-lo. Incapaz de atingi-la, você corre para a porta, mas, ao comando dela, um grande tapete se enrosca em suas pernas e o tropeça, com um baque. Enquanto ele se enrola e começa a sufocá-lo, Katarina traz uma pesada vasilha de cobre, coloca-a sob sua garganta e dedilha sua adaga, rindo! Sua aventura terminou aqui!

144
Os olhos do retrato ficam vermelhos e sangue começa a verter da tela! Isso certamente é apavorante, mas você supera seu medo. Agora, você:

Vasculha esta sala?	Vá para **193**
Sai e abre a porta na ponta leste do corredor?	Vá para **351**
Sai e segue o corredor de volta ao sul?	Vá para **166**

145
Katarina ri, afastando o objeto inútil, e o golpeia com sua adaga. Perca 2 pontos de ENERGIA. Vá para **164**.

146
O Sábio puxa uma chave de prata de um bolso no casaco após receber sua taxa. Você observa que a chave tem o número 378 gravado nela. "Isso vai deixá-lo entrar", ele diz. "Volte pelo corredor a oeste, vire à direita e abra a porta a norte com isto." Volte para **75**.

147
Avançando, você sente algo errado em seus passos — e por pouco consegue tirar o pé a tempo para evitar uma armadilha de buraco coberto! Desviando-se, você continua em segurança ao longo do corredor. Vá para **157**.

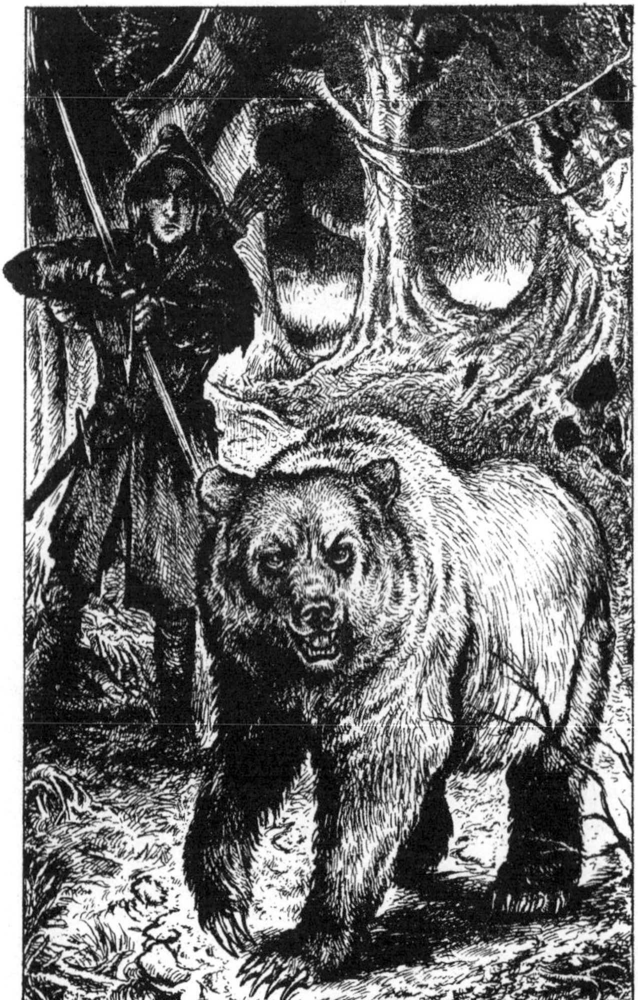

148

As pessoas estão felizes em te dizer como ir até o castelo! Elas o avisam que a estrada onde a carruagem viaja é muito insegura; somente aquele veículo fantasmagórico consegue atravessá-la em segurança. Elas informam que há uma trilha a nordeste através da floresta e que ela leva ao castelo. Se tiver sorte, você pode evitar os animais selvagens da floresta; há uma cabana de um ermitão no caminho onde você pode descansar e dormir. Porém, você terá de cruzar o rio; o homem de um braço só lhe dá 2 peças de ouro para a taxa que o barqueiro lhe cobrará.

Você parte pela trilha e rapidamente está envolto pela floresta. Os galhos das árvores parecem torcidos e contorcidos em formas grotescas. À distância, corujas chirriam e lobos uivam. O chão da floresta não tem nenhuma cobertura vegetal, e suas botas esmigalham uma terra que parece ser de cemitério. Começa a ficar mais claro, talvez o amanhecer esteja se aproximando — e então uma flecha assobia perto de sua orelha e se prende em um tronco de árvore! Na escuridão à sua esquerda, você vê um grande urso indo até você, e, ao seu lado, uma figura magra está colocando outra flecha em seu arco longo, pronta para te atingir com ela! Você:

Ataca a arqueira?	Vá para **246**
Ataca o urso?	Vá para **295**
Tenta conversar com a figura, seja quem for?	Vá para **344**
Tenta fugir e se afastar?	Vá para **197**

149

O que tentará usar? Golpeará o órgão com:

Sua espada?	Vá para **175**
O monte pesado de castiçais?	Vá para **203**
Algum outro objeto?	Vá para **261**

150

Você agora está enfrentando uma criatura monstruosamente maligna, e a Baobhan Sith lança uma magia em você! Determine se você ou a Baobhan Sith tem a maior *força de ataque* nesta *rodada de ataque* (a Baobhan Sith tem HABILIDADE 9). Se você tiver a maior *força de ataque*, você a golpeia e arruína a magia dela; vá para **263** para terminar a luta, subtraindo 2 do total de ENERGIA dado ali para a Baobhan Sith devido ao golpe. Porém, se a Baobhan Sith tiver a maior *força de ataque*, ela lançará a magia e escapará de seu golpe, então vá para **207**.

151

Você está com sorte. Wilhelm Heydrich, o pobre coitado que é primo do Conde, está razoavelmente lúcido hoje. Ele está feliz em ter um convidado e vocês rapidamente estão bebendo xerez analandiano enquanto Wilhelm fala do primo. "Ele não aceita um espelho no lugar, né? Ele morre de medo de um espelho de prata! Nem imagino por quê. Tem um na sala de relaxamento logo depois da sala de jantar, e você nunca vai ver o Reiner andando por lá, não mesmo!" Ele bebe sedento o vinho fortificado. "E então, as coisas do velho Siegfried deixam ele morto de medo — bom, *morto* ele já tá, né? A espada, sabe, ele tem um medo especial dela. Ele próprio a escondeu depois de ter matado Siegfried, em um livro, por incrível que pareça. Não sei da armadura. Mas ele levou o escudo para a torre, lá embaixo…" ele aponta para o corredor. Wilhelm está bebendo muito agora e começa a perder o fio da meada, então você se despede dele e sai de lá. De volta ao corredor, você decide verificar a torre e o escudo que Wilhelm mencionou, então vai para a ponta sul dele e abre a porta na lateral leste ali. Vá para **252**.

152

Role dois dados. Se o total for menor ou igual à sua HABILIDADE, vá para **250**. Se for maior que sua HABILIDADE, você é lento demais e precisará lutar: vá para **103**.

153

A Armadura Viva avança sobre você e, embora a lâmina do bardiche, que mais parece um cutelo, esteja enferrujada, ainda parece afiada o bastante para causar um ferimento bem desagradável!

ARMADURA VIVA   HABILIDADE 8   ENERGIA 9

Se vencer, não há nada de valor ou que te interesse por aqui — tudo está enferrujado e inútil. Você pode tentar a porta no lado leste atravessando a sacada (vá para 302) ou a porta na ponta do extremo sul da sacada (vá para 244).

154

Há duas portas nessa câmara vazia, então você decide abrir uma delas. Será a porta no canto sul da parede a oeste (vá para 294) ou a porta com maçaneta de prata no meio da parede a sul (vá para 131).

155

Há muito pouco motivo para lançar esta magia, já que Katarina está muito próxima de você e, de qualquer forma, ela não vai fugir! Ela o ataca; perca 2 pontos de ENERGIA. Agora você precisa lutar com sua espada, então vá para 164.

156

Você faz uma descoberta afortunada no meio de todo o lixo — um frasco de cristal com um revestimento de prata filigranada que vale 4 peças de ouro (adicione ao seu *tesouro*). Você retorna ao salão de entrada e, aqui, pode abrir a porta a norte (vá para 101) ou seguir pela passagem a leste (vá para 256).

157

Andando uns três metros no corredor, você fica diante de duas portas, uma de cada lado de você. A porta a norte tem uma placa empoeirada que você lê após tirar as teias de aranha; ela diz simplesmente "Boris, o Beberrão". Isto não parece muito promissor. A porta a sul tem uma placa onde se lê "Chanceler Conrad Schmidt, o homem mais malvado de Mortvania". À sua frente, você pode ver uma junção em T com passagens para norte e sul e também uma porta no final. Você:

Entra na tumba de Boris, o Beberrão?	Vá para 210
Entra na tumba do Chanceler Schmidt?	Vá para 359
Segue para a junção em T, ignorando estas portas?	Vá para 230

158

As únicas magias úteis aqui são *Golpe Poderoso* (para lançá-la, vá para 346) ou *Raio de Jandor* (para lançá-la, vá para 76). Se não tiver nenhuma das duas magias disponível, volte para 274 para selecionar outro método de ataque.

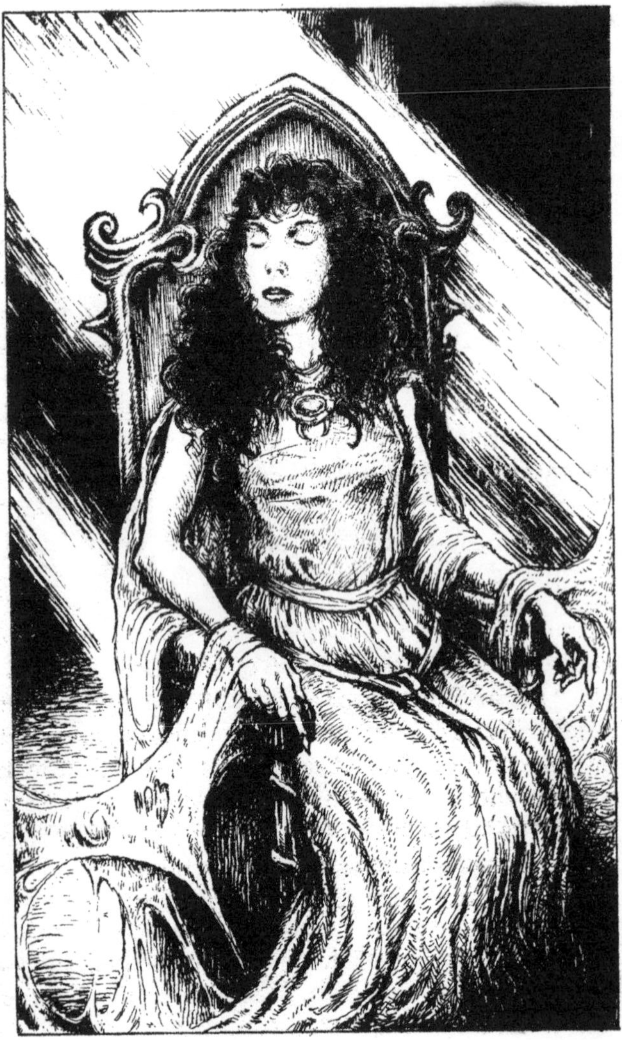

159

Você sobe os degraus de pedra, imundos e repletos de teias de aranha, com musgo e fungos de eras passadas infestando as paredes, e chega ao topo da torre. O luar entra na câmara circular pelo vidro tingido e quase parece que as sombras estão espreitando e vigiando. Banhada no luar, está uma jovem em uma cadeira, presa por seus pulsos e tornozelos com uma malha de teias finas — mas podem ser bem mais fortes do que parecem, talvez até mágicas. Ela é realmente muito bonita, com cabelos acaju longos e encaracolados, pele lisa e macia. Role um dado e adicione 4. Se o resultado for menor ou igual à sua Fé, vá para **225**. Se o resultado for maior que sua Fé, vá para **269**.

160

Golpe Poderoso é uma magia utilizável em combate quando você manuseia uma espada. Você lança a magia antes de golpear e, se tiver a *força de ataque* maior e acertar o seu inimigo naquela *rodada de ataque*, seu golpe causa 4 pontos a mais de dano. Se não acertar um golpe na *rodada de ataque* ao utilizar a magia, porém, ela é inútil. E você deve decidir se quer usar esta magia antes de rolar os dados para descobrir quem tem a maior *força de ataque*! Volte para 102.

161

Você abre a porta com as chaves e entra em uma antecâmara de pedra nua, decorada com gravações de parede de ratos, morcegos e lobos. Do outro lado, há uma porta e, de uma fenda estreita em sua base, uma luz vermelha abominável sai de uma câmara. Role um dado. Se rolar 1 ou 2, vá para 279. Se rolar 3 ou 4, vá para 325. Se rolar 5 ou 6, vá para 356.

162

Você paga o gnomo — reduza 2 peças de ouro de seu *tesouro* — e ele o leva pelo rio. Ele não precisa remar, apenas sussurra para o barco mágico e o veículo vai sozinho! Você desce na margem oposta. Vá para 383.

163

Os ratos o mordiscam com seus dentes afiados e amarelos — perca 2 pontos de Energia, mas você sai com segurança e os tranca atrás de si. Agora, você pode ir para a cripta, se já não tiver estado lá (vá para **90**) ou seguir para as portas de bronze a norte (vá para **2**).

164

Conduza o combate normalmente voltando para **106**. Sua oponente não é realmente uma vampira, então, se tiver a espada mágica Estrela Noturna, você tem bônus de somente 1 em sua Habilidade neste combate.

165

Os tentáculos da criatura de névoa se enroscam em sua garganta e você consegue sentir agulhas pequenas, mas afiadas, se enterrando em sua carne! Se tiver a *maldição do curandeiro*, vá para **100**. Se não, vá para **6**.

166

Ao longo do corredor, há portas uma de frente para a outra nos lados oeste e leste e outra porta no lado leste bem no final. Você:

Abre a primeira porta a leste?	Vá para **118**
Abre a porta a leste no fim do corredor?	Vá para **252**
Abre a porta a oeste?	Vá para **240**

167

O vampiro te encantou; você não pode atacá-lo! Ele desce, triunfante, e leva as presas ao seu pescoço. Você está vestindo alho? Se estiver, vá para **140**. Se não, vá para **72**.

168

Tendo superado o guardião, você recolhe dois pássaros de cristal prateados que são pequenos o bastante para carregar. O par vale 3 peças de ouro (adicione ao seu *tesouro*). Agora, *Teste sua Sorte*. Se for *sortudo*, vá para **385**. Se for *azarado*, vá para **270**.

169

Você encontra o vidro e o leva de volta ao Alquimista Karl-Heiz. "Excelente", diz ele, pegando-o com alegria. "O ingrediente final da minha poção de longevidade! Eu serei jovem de novo. E tenho sua poção pronta também." Você bebe a gosma verde, nojenta e fedorenta. Seu sabor é completamente repugnante e causa cólicas estomacais sérias; perca 4 pontos de ENERGIA. Porém, após descansar um pouco, você percebe que funcionou! Não há mais a *moléstia de licantropia grave*! Você agradece ao Alquimista por sua ajuda e retorna ao corredor, a norte do salão de entrada. Daqui, você:

Abre a porta a norte?	Vá para **332**
Abre a porta a oeste?	Vá para **221**
Desce a passagem lateral a leste?	Vá para **353**

170

Tentar escapar é inútil; os lobos são muito mais rápidos e podem rastrear seu faro. Quando corre, você tropeça e cai (perca 1 ponto de ENERGIA) e o primeiro lobo o morde quando você levanta (perca mais 2 pontos de ENERGIA). Você precisa lutar, então vá para **121**.

171

Você corre para a porta a sul, atrapalhando-se com as chaves. Perca 3 pontos de ENERGIA em virtude das mordidas de ratos. Se estiver vivo, suas mãos trêmulas conseguem enfiar a chave na fechadura; vá para **244**.

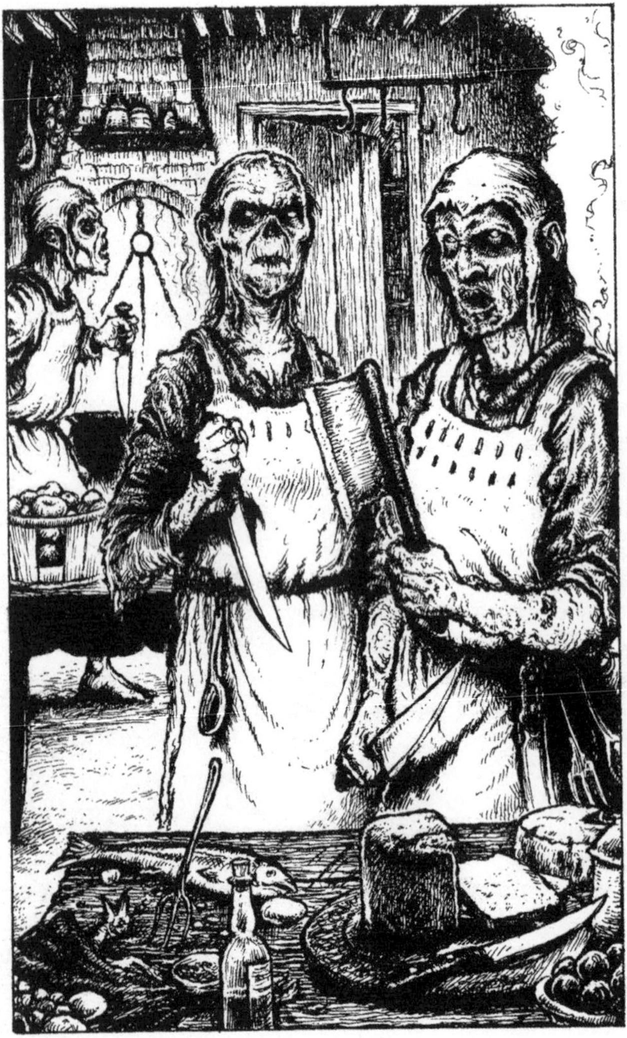

172

Você abre a porta e vê uma cena de prendas domésticas — um cozinheiro e duas servas em mesas de trabalho preparando comida. Porém, há um cheiro desagradável misturado ao da comida: um cheiro horrível de decomposição que pega bem no fundo de sua garganta. Os trabalhadores o olham com olhos sem mente — e você logo vê que são Zumbis! Role um dado e adicione 2. Se o resultado for menor ou igual à sua Fé, vá para **238**. Se o resultado for maior que sua Fé, vá para **275**.

173

Você fere o Espectro antes que ele possa se materializar por completo. Vá para **298** para terminar a luta e subtraia 2 do total de ENERGIA dado para o Espectro como resultado desse golpe inicial.

174

Você sobe no coche e os cavalos partem em galope — sem fazer um som quando se movem! Você se recosta em um assento confortável revestido de preto. Olhando através das janelas com suas pesadas cortinas roxas, você só vê a névoa espessa e espiralada lá fora, mas os uivos de lobos que escuta lhe dão calafrios. Role um dado e adicione 2 ao número rolado. Se o total for menor ou igual à sua Fé, vá para **223**. Se o total for maior, você continua sua jornada até que o coche para perto do castelo e permite que você desça antes de sumir na névoa; vá para **362**.

175

Sua espada é perfeitamente inútil contra algo deste tamanho; você não sabe onde golpear para causar qualquer dano efetivo. Perca 2 pontos de ENERGIA devido às mordidas de rato antes de desistir e correr para o norte; vá para **335**.

176

Se Katarina tiver tentado encantá-lo antes e falhado, vá para **20**. Se ela tiver tentado encantá-lo antes e sido bem-sucedida, vá para **276**. Se ela não tiver tentado encantá-lo antes, vá para **293**.

177

Você encontra sopa quente o bastante para uma refeição. Ela deve ser comida aqui; você não pode carregá-la consigo (recupere 4 pontos de ENERGIA). Você encontra uma gaveta em uma mesa e pega uma sacola contendo 5 peças de ouro — mas também fura o dedo em uma agulha descolorida dentro da gaveta. Você deve registrar *veneno de ação lenta* na caixa de *moléstias* na sua *ficha de aventura*; isso o afetará até que possa encontrar uma cura para ele. Funciona assim: a cada vez em que tiver de lutar, no início do combate, você deve subtrair 1 ponto de sua ENERGIA atual e também 1 ponto de sua ENERGIA *inicial*! Assim, você gradualmente ficará seriamente enfraquecido. Você só poderá restaurar sua ENERGIA *inicial* ao nível com o qual começou se puder encontrar um tratamento para curá-lo desta moléstia.

Se não tiver dormido na casa do gnomo, você agora deve dormir aqui, já que está muito cansado. Quando estiver pronto para continuar, você segue viagem durante a tarde; vá para **228**.

178

O Vampiro reaparece na sala em forma humana! Adicione 8 pontos ao valor de Energia que ele tinha quando escapou. Enfrente-o de novo e, se conseguir reduzir sua Energia a 4 ou menos novamente, vá imediatamente para **212**.

179

O sino de prata irradia uma sensação de bondade para você. Você o examina cuidadosamente e, dentro do sino, vê um nome gravado: SIEGFRIED HEYDRICH. Embora isso possa alertar outras criaturas, por um impulso, você toca o sino; vá para **280**.

180

Limpando o resto da gosma do carniçal fétido de sua espada, você dá uma rápida olhada em volta e encontra uma sacola de couro no sarcófago. Ela contém 5 peças de ouro, que você adiciona ao seu *tesouro*. Agora, você pode tentar abrir a tumba de Boris, o Beberrão, se já não a tiver investigado (vá para **210**) ou seguir pelo corredor para a junção em T (vá para **230**).

181

Role um dado. Se rolar 1 ou 2, vá para **136**. Se rolar qualquer outro número, vá para **47**.

182

Você abre a porta... e ativa uma armadilha mágica. Há um clarão intenso de luz e calor; perca 4 pontos de ENERGIA. Você está parcialmente cego e mal enxerga na sala escura à frente. Porém, você pode distinguir a forma de uma figura esquelética de quatro braços, com órbitas que brilham em verde, armada com uma foice, indo até você. Você pode enfrentá-la, enfraquecido como está (vá para **52**) ou tentar fechar a porta e fugir (vá para **139**).

183

Karl-Heinz recusa sua oferta. "Fígados de basilisco e tinta de polvo não dão em árvore, sabe. Eu preciso cobrir meus custos", ele reclama. Ele parece pensativo e então continua. "Vamos fazer assim. Nas cozinhas, há umas ervas que eu quero, mas são protegidas pelos guardas do Conde. Vá pegá-las para mim e, em troca, eu preparo a poção para você. Há muitos vidros lá, mas só tem um de que eu preciso. São todos numerados, e eu quero o vidro número 169. Vá pegá-lo para mim." Ele lhe diz como ir para as cozinhas: saia pela porta a oeste em sua sala, volte para o salão de entrada, pela porta norte, e pegue a primeira porta para leste no corredor depois dela. Anote o número do vidro que ele precisa na caixa de *notas* em sua *ficha de aventura*.

Você se retira e retorna ao corredor de norte a sul fora da sala do alquimista. Você pode abrir uma porta do seu lado oposto na parede oeste, se já não o tiver feito (vá para **240**), ir para a ponta sul do corredor e abrir a porta na parede leste lá (vá para **252**) ou retornar ao salão de entrada e abrir a porta norte lá (vá para **101**).

184

Tendo destruído os repulsivos restos de Doktor Faustus, você deseja:

Terminar de vasculhar esta sala?	Vá para **142**
Sair daqui e abrir a porta ao leste?	Vá para **371**
Sair e abrir a porta ao sul?	Vá para **8**

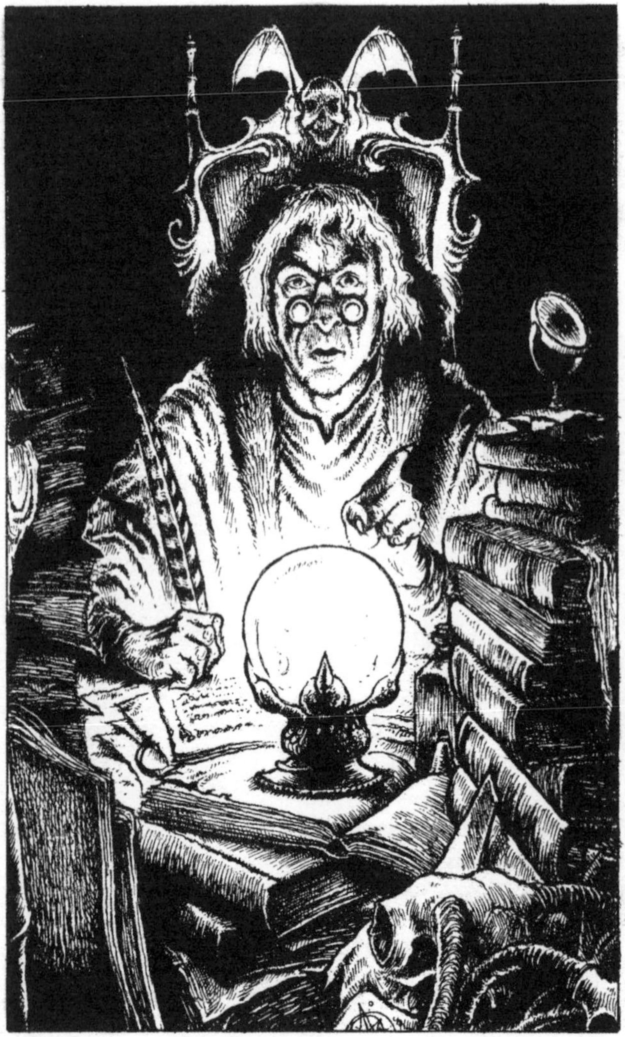

185

O Sábio pondera. "Ah, sim, uma jovem foi trazida para cá recentemente, e o Conde mandou que a levassem para a cripta. Ele mantém pessoas como prisioneiras lá, e então bebe seu sangue ou as entrega para Katarina. A Katarina é uma figura engraçada, pode ser bem cativante às vezes!" Ele parece quase gostar de pensar em Katarina. Volte para **75**.

186

A mordida terrível do morcego acerta seu pescoço, que já estava ferido, e a odiosa ameaça voadora abre sua jugular. Você cai, agonizando, enquanto seu sangue é derramado no chão. Sua aventura acaba aqui.

187

Você anda cuidadosamente pelo leito pedregoso do rio raso, tomando cuidado com buracos. Você quase chega ao outro lado quando, de repente, vê uma forma longilínea deslizando pela água em sua direção, e um grande dorso amarelado e serpentino está visível logo abaixo da superfície da água. Você pode ficar onde está e enfrentar a Serpente do Rio (vá para **236**) ou pode tentar fugir do réptil e chegar à margem (vá para **285**).

188

Gunthar olha fixamente para o livro com a página mágica. "Mas esta é a espada de Siegfried!", ele diz, surpreso, olhando para a página. "Alguma grande feitiçaria a aprisionou dentro deste livro!", então ele fica triste e lhe diz que a única maneira em que ele pode pensar de libertá-la seria com a ajuda da magia de Katarina. "Ela pedirá algum serviço a você em troca — tremo em pensar o que pode ser", ele diz, mencionando que a irmã de Reiner é tão má quanto o próprio Conde. Gunthar se senta com a cabeça nas mãos, em desespero. Ele pode estar deprimido demais para fazer qualquer coisa, mas você é um guerreiro e está aqui com um propósito! Você retorna ao patamar e abre a porta oeste de lá. Vá para **294**.

189
Você tem um crucifixo e/ou o Escudo da Fé? Se tiver pelo menos um desses dois itens, vá para **220**. Se não tiver nenhum, vá para **259**.

190
Você é lento demais! Os zumbis estão em cima de você antes que você possa fechar a porta e sair. Vá para **81**.

191
Você chega ao patamar, corre pelas escadas e volta para o pátio. Você pega a chave da cripta e vai para a cripta atemorizante com seus portões pesados de ferro e cabeças de gárgulas intimidadoras. Uma enorme sombra paira sobre

você e você se vira em pânico — mas é só um morcego voando baixo, uma silhueta contra a lua. O luar está de um amarelo doentio esta noite e há outras coisas se movendo na luz pálida e nas sombras ao seu redor. Você tem a moléstia da *licantropia grave*? Se tiver, vá para **204**. Se não tiver, vá para **43**.

192

Seus esforços para penetrar a cripta não passam despercebidos. Deslizando pelos degraus, vem uma figura pequena e espectral, que lembra um anão. Ela é negra e quase sem traços definíveis. Você pode sentir o mal frio na atmosfera que a cobre, suas pequenas garras negras tentando lhe encostar! Você:

Luta contra a sombra?	Vá para **292**
Corre para as portas ao sul (se já não o tiver feito)?	Vá para **18**
Corre para as portas de bronze ao norte?	Vá para **2**

193

Role dois dados. Se o total for menor ou igual à sua HABILIDADE, vá para **249**. Se for maior, vá para **300**.

194

A *Muralha de Energia* mantém o Thassaloss Maior afastado, mas não por muito tempo. À sua frente, você pode ver que o corredor leva a escadarias que descem para norte, leste e sul e segue para uma das escadarias, compelindo o Thassaloss a manter sua distância com seu auxílio mágico. Vá para **224** para decidir que escadaria tomar, mas anote que, se tiver de retornar por uma escadaria, o Thassaloss ainda estará aqui e você terá de enfrentá-lo, indo para **22** para fazer isso, a menos que destrua o Conde Reiner Heydrich, o Vampiro, antes de retornar.

195

O grito da Baobhan Sith é horrendo e gela seu sangue. Você se sente muito enfraquecido por ele, meio paralisado, e não consegue resistir enquanto ela anda até você e puxa uma adaga afiada de seu vestido para matá-lo! Sua aventura termina aqui.

196

Lothar lhe diz para se manter longe de Katarina; ela é perigosa e enfrentá-la junto com seu irmão seria extremamente difícil. Ele diz que, se você puder destruir Reiner, então ele e Gunthar, o curandeiro que é irmão de Reiner, provavelmente podem lidar com Katarina. Ele também diz que tem alguns itens de valor para você; vá para **116**.

197
Você corre floresta adentro. Na pressa, você deixa cair alguns suprimentos, então reduza 2 de suas *provisões*. Role dois dados e adicione 3 ao total. Se o resultado for menor ou igual à sua HABILIDADE, você consegue escapar dos seus perseguidores e em um dado momento chega a uma cabana perto do rio (vá para **13**). Se o resultado for maior que sua habilidade, o urso e a arqueira o alcançam, e você pode atacá-los (vá para **295**) ou falar com a jovem que acompanha o urso (vá para **344**).

198
Katarina sorri alegremente. Ela lhe diz para ir para o corredor, seguir a sul e abrir a segunda porta a leste. Vá para **227**.

199
A mulher ri e tira uma adaga de um azul gélido das dobras de seu vestido. Enfrente-a normalmente; ela tem HABILIDADE 10. Se conseguir atingi-la quatro vezes, vá para **226**.

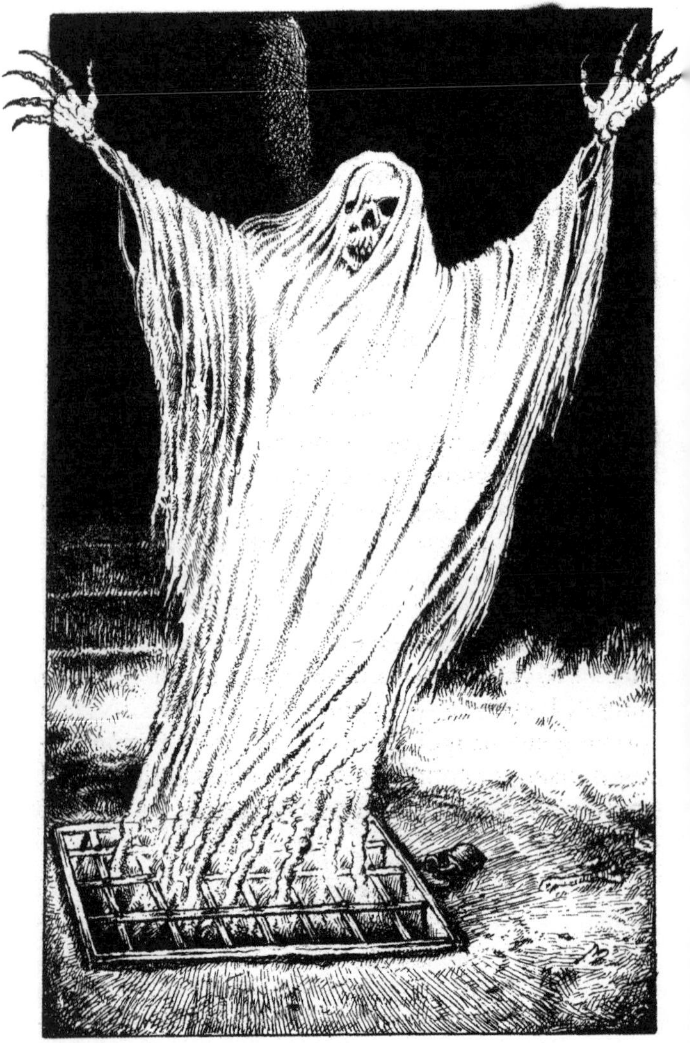

200

A aparição é perigosa, e sua esgrima será necessária!

APARIÇÃO   HABILIDADE 8   ENERGIA 9

Se vencer, mas a aparição o tiver ferido, vá para **290**. Se vencer sem ter sido atingido uma única vez, vá para **316**.

201

Você tenta golpear o Cavaleiro com sua espada, mas ele apenas ri enquanto sua lâmina atravessa o ar! Você não pode feri-lo. Ele chicoteia os cavalos para que galopem, deixando você a pé, parecendo um tolo. Sua crença em em si mesmo sofre com uma falha dessas; reduza 1 ponto de FÉ. Você precisará encontrar outro caminho para o castelo, então vá para **148**.

202

O pobre jovem Wilhelm, primo do Conde, é bem louco, e você só consegue partes de informações duvidosas. Ele resmunga sobre uma espada brilhante escondida em um livro e outras besteiras. Você o deixa falar suas baboseiras e vai a porta na ponta sul do corredor. Vá para **252**.

203

Você consegue erguer os castiçais pesados com esforço e jogar o peso em cima do teclado do órgão, que quebra e parte os foles em dois. A música para de repente. Perca 1 ponto de Energia pelas mordidas de ratos, mas agora que o barulho infernal parou, os ratos começam a andar por aí confusos e o ignoram. Você pode ir pela porta a norte (vá para 361) ou sair e abrir a porta na ponta sul da sacada (vá para 244).

204

Sua transformação agora está completa. Sua forma lupina luta para se livrar de sua armadura de couro, mas a remove e corre pelos jardins e corredores do castelo, uivando. Rapidamente, um enorme morcego voa por cima de você e desce; o Conde veio tomar o controle de seu novo mascote! Seu destino é pior que a morte.

205

O Alquimista fala pouco, embora diga que é empregado por Katarina — a irmã do Conde — para preparar poções e pós que permitem manter a aparência jovem, junto de outro tratamento que Karl-Heinz parece evitar mencionar. "Katarina parece bem jovem para uma mulher de 76 anos de idade", ele resmunga. Você não pode efetivamente perguntar sobre o Conde e como matá-lo (Karl-Heinz pode dizer a alguém o que você planeja!) e não há muito mais que se possa saber. Mas ele pode ajudar se você tiver a moléstia de *licantropia grave*. Se tiver, vá para **318**. Se não tiver, você sai pela porta a oeste, então vá para **373**.uat?

206

Você sente uma ardência horrível quando o morcego lhe morde uma segunda vez. Adicione a *maldição do morcego* à sua caixa de *moléstias* em sua *ficha de aventura*. Por enquanto, você não sente efeitos ruins, mas quem sabe o que pode acontecer? Volte para **45** para terminar o combate.

207

A conjuradora maligna aponta um único dedo para você, e fachos de luz verde partem da mão dela e cercam seu corpo. Eles afundam em você com calafrios, fraqueza e tontura. Reduza 3 pontos de sua ENERGIA e também subtraia 2 pontos de sua HABILIDADE — mas a perda de HABILIDADE é temporária; ela só durará até você ter lutado três batalhas (incluindo esta), então registre isso na caixa de *notas* em sua *ficha de aventura* agora. Você se aproxima para enfrentá-la, então vá para **263**.

208

Sua arma é inútil contra o Espectro, que o golpeia; perca 2 pontos de ENERGIA. Você foge da sala, tentando voltar para a sacada, e o espectro, que se move depressa, consegue acompanhá-lo facilmente, golpeando suas costas. Role um dado. Se o número rolado for um 6, vá para **310**. Se rolar qualquer outro número, vá para **365**.

209

"Bom, tem o pobre Wilhelm, o primo — louco de dar nó, sabe. Bem inofensivo. Siegfried está morto, claro — o

irmão mais velho de Reiner, ele era o Conde até, er, desaparecer e Reiner tomar conta. E há o Gunthar, que mora escada acima, é só subir e bater na porta com maçaneta de prata. Ele é um curandeiro, pelo que diz. Não é um mau sujeito. Katarina, a irmã do Conde, é uma mulher peculiar. Muito caprichosa, como uma leoa, mas bem cativante. Ela tem uma linda suíte de salas lá em cima, no final do corredor, depois do patamar onde você sobe."
Volte para 75.

210

Você destranca a porta com suas chaves. Ela abre para uma câmara pequena e vazia, de pedra, com um sarcófago simples, também de pedra, no centro. Se quiser investigar o sarcófago, vá para 262. Se preferir sair, pode abrir a porta para a tumba do Chanceler, se já não o tiver feito (vá para 359) ou seguir o corredor para a junção em T (vá para 230).

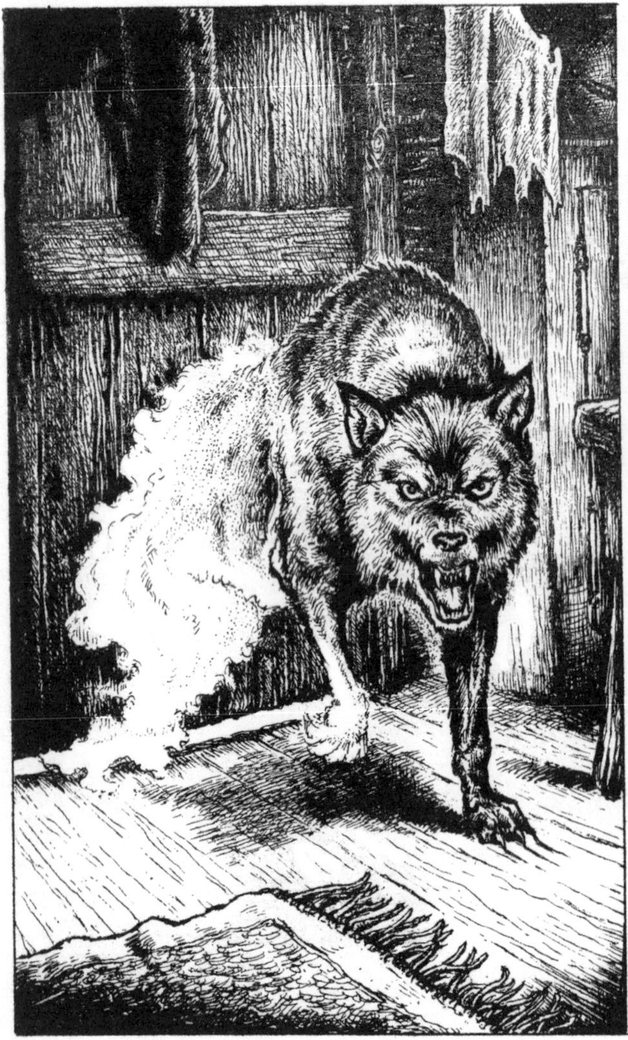

211

O gnomo lhe mostra um beliche, onde você se ajeita para dormir — após colocar calços na porta e na janela para manter intrusos fora! Você dorme bem (recupere 4 pontos de ENERGIA perdidos), mas, aproximadamente ao meio dia, você é repentinamente acordado por um rosnado e abre seus olhos a tempo de ver um enorme lobo se materializando na sala, formado de uma nuvem de gás que atravessou a fresta por baixo da porta! Você pode pegar suas coisas e tentar chegar à porta e fugir (vá para **309**) ou ficar e enfrentar esta criatura (vá para **260**).

212

Em desespero, o Conde tentará morder sua garganta em lugar de lhe bater com seus punhos. Você pode subtrair 2 da HABILIDADE dele quando ele tenta esse ataque de mordida. Sua mordida causa o dano normal (2 pontos) no primeiro golpe — a menos que você tenha a *maldição do curandeiro* (se tiver, a mordida causa o dobro do dano — 4 pontos!). Se o Conde o morder duas vezes, vá imediatamente para **268**. Se você vencer, vá para **339**.

213

Você força e abre a pesada tampa de pedra apenas o bastante para perceber um brilho de luz suave lá dentro. O esqueleto ali, vestido em uma cota de malha enferrujada, tem uma espada longa brilhante em suas mãos. Gentilmente, você a remove e a pega. É uma espada mágica comum; você não pode adicionar nada à sua HABILIDADE quando a usa, mas pelo menos com esta arma você pode ferir Reiner Heydrich, o Vampiro! Adicione a espada mágica à sua *ficha de aventura* — a menos que você já possua uma espada mágica; nesse caso, você deixa esta onde está. Não há ganho extra em ter uma segunda espada!

Você sai e sobe as escadas; daqui, pode descer as escadas a norte se já não o tiver feito (vá para **257**) ou descer as escadas a sul (vá para **161**).

214

Você não encontra nada de interesse ou valor, então retorna ao salão de entrada. Aqui, você pode abrir a porta a norte (vá para **101**) ou seguir a passagem a leste (vá para **256**).

215

Role dois dados. Se o total for menor ou igual à sua HABILIDADE, vá para **283**. Se o total for maior que sua HABILIDADE, vá para **153**.

216

Você arremessa sua água benta no Vampiro. Role um dado e adicione 1, resultando em um número de 2 a 7; este é o número de pontos de dano que o líquido abençoado causa à criatura morta-viva enlouquecida, que agora parece estar pegando fogo! Se tiver outro frasco, você tem tempo para jogá-lo, com os mesmos resultados; ou você pode atacar com espada (vá para **26**) ou magia (vá para **158**). Mantenha anotados quantos pontos de perda de ENERGIA você já infligiu ao Conde!

217

Esses zumbis — como você pode perceber que essas coisas patéticas são — hesitam e lhe dão o tempo para correr escada acima sem ter de lutar. Vá para **311**.

218

Um dos lobos para e começa a comer. Subtraia 2 refeições de suas *provisões*. O lobo maior, porém, ignora a comida e o ataca, rosnando e babando. Vá para **121** e enfrente somente o segundo lobo.

219

Você destranca a gaveta, mas escuta o som de vidro rachando quando o faz. *Teste sua Sorte*. Se for *sortudo*, vá para **130**. Porém, se for *azarado*, vá para **387**.

220

"Você tem a cruz, mas não tem a arma para destruir Reiner", diz Siegfried, em um tom sombrio. Você tem o Livro das Espadas? Se o tiver, vá para a referência que é igual ao número da página mágica no livro em questão (por exemplo, se a página mágica tiver o número de 240, você iria para a referência **120**). Se não o tiver, vá para **259**.

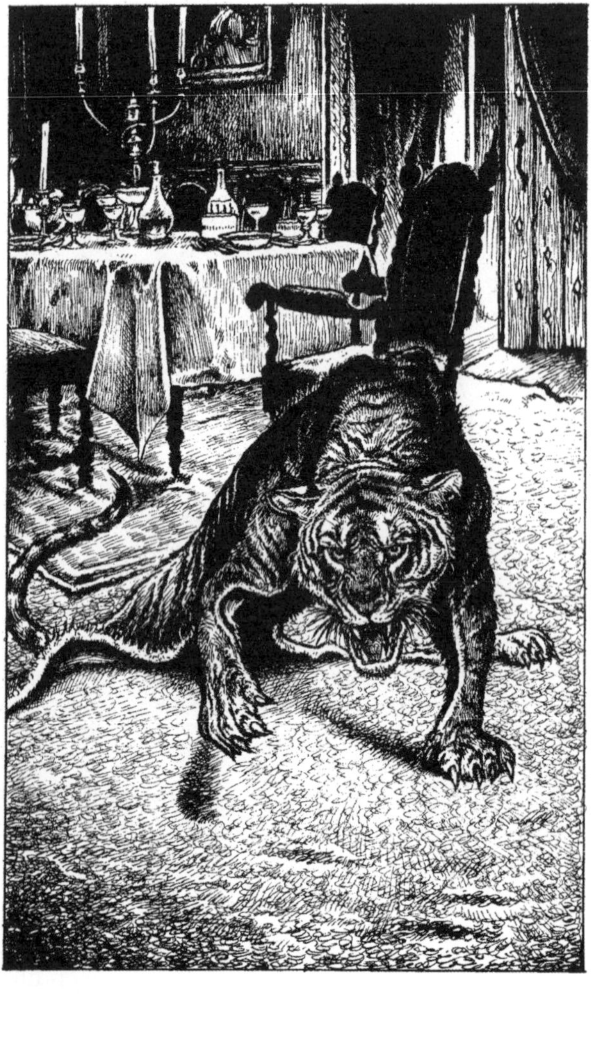

221

Você abre a porta para uma sala de jantar ampla e ricamente decorada. Uma mesa de mogno no centro é flanqueada por cadeiras, estalando sob o peso de talheres de prata, utensílios e objetos de cristal dispostos em toalhas de linho. Pesadas cortinas estão puxadas sobre as janelas a oeste, e há um grande tapete de pele de tigre estendido perto da parede a norte; logo após este tapete, está uma porta entreaberta. Decidindo investigar a sala para além dela, você passa pelo tapete, mas escuta um grunhido e um rosnado, e então a coisa fica de pé e seus olhos o miram com hostilidade! Presas e garras afiadas e sua pele estão partindo para cima de você, então você deve enfrentar este inimigo incomum!

TAPETE DE PELE
DE TIGRE   HABILIDADE 7   ENERGIA 7

Se vencer, você pode pegar algum tesouro desta sala: alguns itens de prata leves o bastante para carregar, que valem um total de 4 peças de ouro (adicione ao seu *tesouro*). Você olha para a próxima sala; vá para **364**.

222

Estilhaçar é uma magia que destruirá *uma* criatura qualquer que seja feita quase que inteiramente de ossos, como um Esqueleto. Você pode lançá-la a qualquer momento durante um combate contra um alvo assim. Vá para **102**.

223

De repente, você sente um calafrio dentro da carruagem e um fantasma surge lentamente diante de você! A forma espectral de um homem alto com cabelo preto e ondulado e olhos verdes, sua figura quase que coberta por um manto púrpura e negro volumoso, se senta, sorridente, à sua frente. "O Conde o espera", ele diz, com um sorriso sarcástico, "embora sua estada vá ser muito curta, creio eu". Ele se recosta e continua a lhe dar o mesmo sorriso zombeteiro. Então, a carruagem dá um solavanco e a aparição fantasmagórica pula para cima de você! Role um dado e adicione 4 ao resultado. Se o total for menor ou igual à sua Fé, vá para 321. Se o resultado for maior que sua Fé, vá para 272.

224

Três escadarias descem do fim do corredor: a norte, a leste e a sul. Cada escadaria está empoeirada, com paredes cheias de mofo e um ar úmido. Uma sensação poderosa de malignidade parece onipresente em cada canto daqui! Qual escadaria você segue? Será:

A escadaria a norte?	Vá para 257
A escadaria a leste?	Vá para 108
A escadaria a sul?	Vá para 161

225

Você sente bondade *e* maldade intensamente nesta câmara, mas não tem certeza de que sensação vem de que área. Vá para 269.

226

Katarina ri de você novamente, mas, desta vez, seus olhos felinos brilham com raiva. Role um dado e adicione 4. Se o total for menor ou igual à sua Fé, vá para **286**. Se o total for maior que sua Fé, vá para **331**.

227

Você abre a porta e entra em uma sala simples com somente algumas mesas e cadeiras comuns, um beliche e um mobiliário igualmente humilde — uma pequena cômoda, um guarda-roupa simples e correlatos. Um homem alto e forte de seus trinta e poucos anos com cabelos e olhos castanhos olha para você de sua escrivaninha. Seu sorriso torto o saúda quando você entra. "Saudações, estranho, está perdido, para ter vindo a este lugar de desgraça?", ele pergunta. Se estiver encantado, você *deve* atacá-lo, então vá para **369**; se não, você pode escolher atacá-lo (vá para **369**) ou falar com ele (vá para **397**).

228

Você segue durante a tarde e o crepúsculo até ver um castelo no topo de um monte. Role dois dados. Se o total for menor ou igual à sua Habilidade, vá para **362**. Se for maior, vá para **277**.

229

Do corpo, uma cópia fantasmagórica do homem se ergue e, então, sai do caixão para ficar de pé diante de você. Mais alta do que você, a figura de Siegfried Heydrich olha para baixo soturnamente e gesticula para que o siga

— apontando para o caixão! Você ergue a tampa e gentilmente afasta o corpo. Suas mãos trêmulas encontram uma porta secreta na base do caixão; a fenda é grande o bastante para que você se esprema e passe, seguindo o fantasma impaciente. Você cai de uma pequena altura em um chão de pedra e, meio agachado, com sua fonte de luz, segue o fantasma de Siegfried ao longo de uma passagem estreita e curta que se abre em um tipo de pequeno santuário. Siegfried aponta primeiro para um frasco pequeno de quartzo rosa com um líquido incolor. "Água benta", ele explica, "será útil" (adicione água benta à sua *ficha de aventura*). Então, Siegfried olha um estranho globo folheado a bronze, solto na mesa branca diante de você e próximo a um cálice de prata. Você tem uma estaca? Se tiver, vá para 304. Se não, vá para 189.

230

Na ponta leste do corredor fica uma porta preta com pesadas braçadeiras de ferro; nas laterais, a norte e sul, ficam pequenas passagens que também terminam em uma porta negra de madeira. Verificando rápido, você descobre que a porta a norte tem uma placa onde se lê: "Doktor Pieter Faustus, Médico do Conde Wilhelm Heydrich". As outras portas não têm descrição. Você abre:

A porta a norte?	Vá para 255
A porta a leste?	Vá para 371
A porta a sul?	Vá para 8

231

Sem uma espada mágica, você não pode ferir a aparição. Você é forçado a fugir de volta para o salão de entrada; a aparição o persegue durante parte do caminho, mas evita passar muito tempo na luz. Role um dado; será o número de vezes em que a aparição o golpeia nas costas enquanto você foge, e você perde 2 pontos de ENERGIA para cada golpe. Se ainda estiver vivo, role um segundo dado. Se esta rolagem for de 1—4, a aparição drenou parte de sua energia vital: perca 1 ponto de HABILIDADE. Se a rolagem for de 5 ou 6, você escapou deste destino por pura sorte. Você abre a porta a norte no salão de entrada; vá para **101**.

232

Muralha de Energia conjura uma esfera invisível de força em sua volta, que não pode ser atravessada e que se move junto de você. Ela pode impedir que inimigos escapem ou mantê-los afastados por um tempo, se quiser utilizá-la como proteção. A opção de usar essa magia será oferecida em referências nas quais isso for adequado. Volte para **102**.

233

Você pode tentar tocar o sino de prata. Porém, isto pode ser perigoso, já que você pode atrair guardas com o som. Se quiser tocar o sino, vá para **280**. Se preferir retornar para o pátio, vá para **380**.

234

Você foi encantado por Katarina? Se tiver sido, vá para 25. Se não, vá para 84.

235

Gunthar lhe agradece muito por devolver seu livro e o recompensa com uma poção mágica de cura que ele ocultou com toda a astúcia em uma gaveta secreta em um armário. Adicione-a à sua *ficha de aventura*. Você pode bebê-la a qualquer momento, exceto durante um combate, e ela restaurará 4 pontos de ENERGIA perdidos. Agradecendo a Gunthar por este presente valioso, você sai e abre a porta a oeste no patamar; vá para 294.

236

Sua mobilidade está reduzida, já que você tem água até os joelhos, então subtraia 2 de sua HABILIDADE durante este combate.

SERPENTE
DO RIO   HABILIDADE 6   ENERGIA 6

Se a serpente o ferir duas vezes, vá imediatamente para 334. Se vencer, vá para 383.

237

Vendo que você está ficando fraco, a Pequena Nastassia bravamente pega uma adaga de uma mesa próxima e corre para ajudá-lo. Ela lutará ao seu lado com HABILIDADE de 6.

Você agora está em uma luta em trio. Em cada *rodada de ataque*, role os dados para todos os três lutadores (você, Katarina, Nastassia) para ver quem tem a maior *força de ataque*; será este o combatente que acertará o golpe efetivo e que causará dano naquela *rodada de ataque*. Katarina ignorará Nastassia, continuando a tentar golpeá-lo para acabar com você primeiro!

Se vencer, vá para **400**.

238

Os zumbis pegam facas e cutelos, mas estão se mantendo distantes de você. Você tem chance de conseguir passar por eles e atravessar a entrada para a cozinha e armazéns principais a leste (se tentar, vá para **282**) ou você irá:

Atacar os zumbis?	Vá para **105**
Sair e ir para a porta a norte no corredor?	Vá para **332**
Sair e ir para a porta a oeste no corredor?	Vá para **221**
Sair e ir para a passagem a leste no corredor?	Vá para **353**

239

A gosma é uma coisa repulsiva e doente e o infecta com o estágio inicial de uma doença enfraquecedora e degenerativa. Perca 1 ponto de HABILIDADE... e as coisas podem piorar. Vá para **313** para terminar o combate.

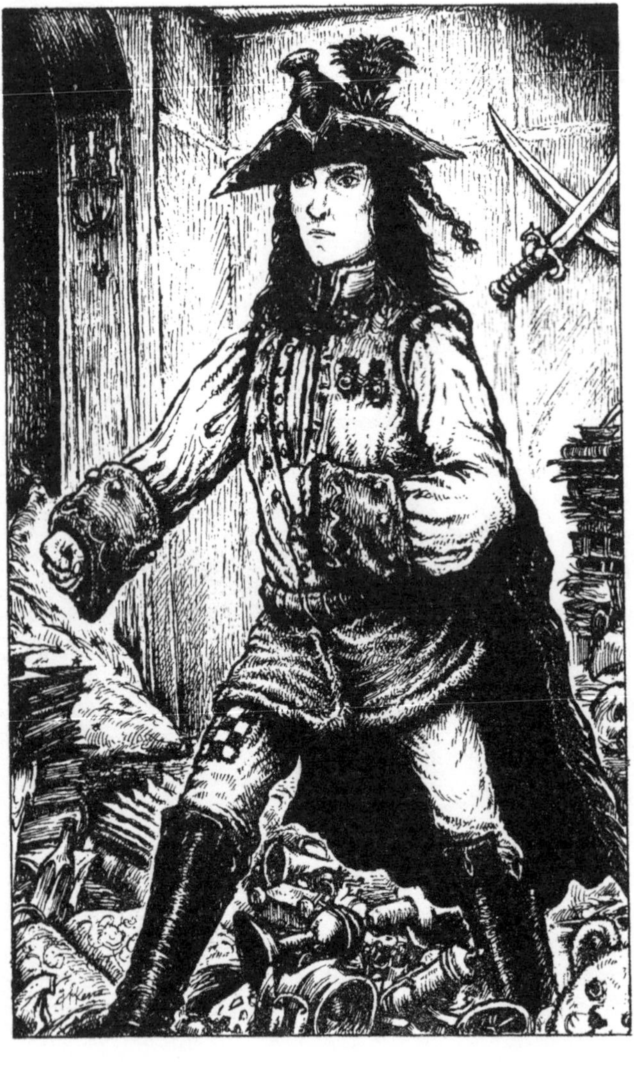

240

Você abre a porta para uma suíte de salas cheias de almofadas, papéis, brinquedos, imagens e todo tipo de tralha jogada no lugar todo! Andando para cima e para baixo, vestido em um uniforme militar azul que lhe cabe mal e com um chapéu tricorne ridículo, está um jovem mal-ajambrado com cabelos pretos longos e soltos e olhos verdes. Ele resmunga bobagens para si mesmo e não parece ter percebido que você entrou. Ele parece ter um parafuso a menos na cabeça. Você:

O ataca?	Vá para **322**
Entra e fala com ele?	Vá para **288**
Sai e abre a porta a leste na frente, se já não o tiver feito?	Vá para **118**
Sai e abre a porta na ponta sul do corredor?	Vá para **252**

241

Você abre a porta e um clarão intenso e quente o fere. Perca 4 pontos de Energia e você também está parcialmente cego. Uma figura esquelética de quatro braços avança contra você com uma foice. Suas órbitas brilham em um verde assustador na escuridão. Não há tempo para fugir, e você deve subtrair 2 de sua Habilidade ao enfrentar este monstro, devido à sua cegueira parcial.

A cada *rodada de ataque*, você deve rolar um dado além dos dois dados de combate usuais. Se essa rolagem de dado for de 1—3, o Thassaloss Menor o golpeará com um raio verde congelante de suas órbitas, causando 1 ponto de dano à sua Energia. Se a rolagem do dado for de 4—6, você consegue desviar do raio. O Thassaloss Menor pode causar esse dano congelante mesmo quando tem a menor *força de ataque* em uma *rodada de ataque*, o que o torna um inimigo perigoso!

THASSALOSS
MENOR   HABILIDADE 8   ENERGIA 11

Se vencer, vá para **55**.

242
Você saca sua espada, mas ele ri alto na sua cara! Ele põe uma mão na bola de cristal, resmunga uma palavra e a cabeça de um dragão aparece em cima dela! Essa cabeça espinhosa e vermelha solta um jato estreito de chamas fumegantes e superaquecidas em você. Você grita de dor e desmaia imediatamente, e Karl Adenauer se prepara para fornecer a um carniçal que ele conhece um delicioso churrasquinho... sua aventura acaba aqui.

243
Você abandona sua tentativa de entrar na cripta. Você vê um clarão debaixo das portas ao norte e pode investigar essas portas (vá para **2**) ou correr para a porta a sul e a abrir, se já não o tiver feito (vá para **18**).

244
Você usa as chaves do guardião para abrir a porta e entra em uma sala de recepção. Luxuosamente decorado com

cadeiras confortáveis, um divã e almofadas espalhadas, este lugar é muito confortável. Há alguns decantadores de vinho, que podem ser refrescantes, e alguns biscoitos com uma fina camada de chocolate meio amargo, que parecem apetitosos, ou você pode simplesmente ir direto para a porta na parede a oeste desta sala. Você:

Experimenta o vinho tinto?	Vá para **137**
Experimenta o vinho branco?	Vá para **53**
Experimenta os biscoitos?	Vá para **4**
Vai para a porta a oeste?	Vá para **45**

245

Sua arma é inútil contra a névoa sufocante que te envolve. Os tentáculos se enroscam em você e o enforcam até a morte. Antes mesmo de poder lidar com o primeiro caixão do Conde, você encontrou seu fim! Sua aventura acaba aqui.

246

Você chega perto o bastante para distinguir a figura de uma jovem mulher; ela está vestida de verde e com couro marrom, e armada com um arco longo e uma espada longa embainhada ao lado dela. Porém, o urso o impede de chegar até ela, então você terá de enfrentá-lo (vá para **295**) ou tentar conversar para evitar problemas (vá para **344**).

247

Você conta a Lothar sobre sua missão de matar Reiner e resgatar Nastassia. Lothar parece digno de confiança. "Não é só com o Conde que você deve tomar cuidado; fique longe de Katarina. A irmã do Conde é tão maligna quanto ele. Se Reiner fosse morto, acho que Gunthar — é o irmão dele, o curandeiro, se você já não o tiver conhecido — podemos cuidar dela. Mas você não deve transformar uma tarefa difícil em uma impossível enfrentando-a também." Ele lhe diz que suas salas estão para além da porta a oeste na ponta norte do corredor lá fora, e você toma uma nota mental de não ir para lá! Lothar também diz que tem alguns itens que aumentarão muito suas chances de sucesso. Vá para **116**.

248
A linda mulher o olha com toda a força de seus brilhantes olhos verdes. Role um dado e adicione 4 ao resultado. Se o total for menor ou igual à sua Fé, vá para **80**. Se o total for maior, vá para **68**.

249
Você encontra um bracelete de prata atrás de uma almofada. Ele vale 3 peças de ouro, então adicione ao seu tesouro. Você sai da sala e volta ao corredor do lado de fora. Aqui, você pode abrir a porta na ponta oeste dele (vá para **351**) ou seguir para o sul, depois dessa porta (vá para **166**).

250
Você consegue bater a porta nas caras dos lobos, que salivam. Eles arranham a porta, com fome, e começam a uivar. Você decide que isso pode causar alarme, então é hora de sair do espaço aberto do pátio. Você pode seguir para as portas a norte (vá para **2**) ou para a porta a sul, se não tiver aberto essa porta antes (vá para **18**).

251
Você mata facilmente o pobre senhor idoso; ele não tem uma arma e não tem como enfrentá-lo. Foi um ato muito maligno matar outro ser humano assim, pois o Alquimista não era, ele próprio, maligno. Perca 2 pontos de sua Fé

e 2 pontos de sua Sorte. Você vasculha a sala, mas não encontra nada que seja reconhecidamente útil, então sai por uma porta na parede oeste; vá para **373**.

252

Você abre a porta e um odor maligno e mofado de ar parado o saúda. Você deve usar sua lanterna para ver (a menos que tenha uma espada mágica) e agora percebe que está no pé da torre sudeste. Role um dado e adicione 3. Se o total for menor ou igual à sua Fé, vá para **330**. Se for maior, vá para **316**.

253

Quando você insere uma chave na porta, uma lâmina serrilhada pequena, mas muito afiada, aparece do batente e fere sua mão! Perca 1 ponto de sua Habilidade e 2 pontos de sua Energia. Você chuta a porta, abrindo-a; vá para **382**.

254

O Sábio explica que o Conde vem e vai. Às vezes, ele está por aí no campo, às vezes dorme em seus quartos no sul no primeiro andar — mas costuma passar mais tempo embaixo, na cripta! Volte para **75**.

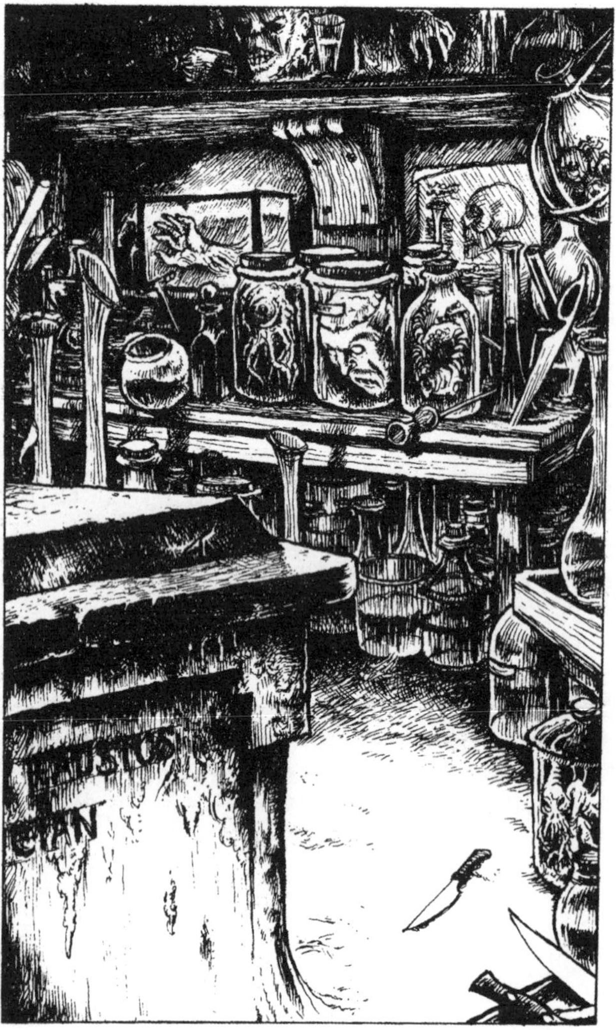

255

Você entra em um mausoléu que contém um sarcófago e algumas estantes e mesas, cobertas com itens bizarramente sortidos. Você nota equipamento cirúrgico, lâminas, espécimes engarrafados e aberrações, jarros com fluidos e vários membros e cabeças decepados que parecem estar perfeitamente preservados. Isso é meio perturbador, então você:

Vasculha esta câmara?	Vá para **313**
Sai e abre a porta a leste?	Vá para **371**
Sai e abre a porta a sul?	Vá para **8**

256

Ao longo da passagem a leste há uma porta para o norte, e a passagem vira para o sul logo em seguida; há outra porta diante na junção dos corredores leste e sul. Você:

Abre a porta a norte?	Vá para **305**
Abre a porta diante de você?	Vá para **351**
Segue o corredor e dobra para o sul?	Vá para **166**

257

Você desce os degraus até chegar a uma porta sem placa, embora possa ver que há algumas marcas de arranhões na porta, como se algo tivesse sido removido ou alguma criatura tivesse tentado entrar ou talvez apenas vandalizar a porta. Você:

Abre esta porta?	Vá para 338
Refaz seus passos e vai para leste?	Vá para 108
Refaz seus passos e vai para sul?	Vá para 161

258

Você vê uma placa na porta com a inscrição "Doktor Karl Adenauer". Você bate com educação, e uma voz trêmula, porém incisiva, responde: "Entre!" Você entra e vê um homem de meia idade de cabelos grisalhos vestindo robes e sentado em uma mesa coberta de papéis organizados em pilhas. A sala está repleta de livros, e o homem o observa sobre uma bola de cristal montada no pé de um dragão que fica em sua mesa. "Doktor Adenauer, meu jovem", ele diz, sem necessidade. "Sábio empregado pelo Conde Reiner Heydrich, o desgraçado que nunca me dá dinheiro para minha pesquisa. Estes livros importantes custam uma fortuna!" e ele indica uma parede cheia de estantes de livros com a mão. Ele parece ranzinza, mas não é hostil. Ou pelo menos não parece ser! Você:

O ataca?	Vá para 242
Fala com ele?	Vá para 75
Sai e retorna ao corredor?	Vá para 181

259

"Você não tem os meios para destruir meu irmão morto-vivo", diz Siegfried, com um toque frio de reprovação na voz. "Você falhou aqui. Fuja por sua vida!" Você não precisa de um segundo convite; Siegfried sabe melhor que ninguém quais são suas chances de sucesso.

Porém, quando você chega aos degraus no topo da cripta, há uma figura sorridente o esperando, uma criatura que você não pode destruir, e sua missão acaba quando ele voa para cima de você para alimentar seu insaciável apetite por sangue! Sua aventura termina aqui.

260

Você golpeia o lobo, mas sua arma não o fere! Em vingança, ele o morde; perca 2 pontos de ENERGIA. Este não é um lobo comum — sua fiel espada não o perfura, então você corre tão rápido quanto pode para fora pela porta e para o rio. Vá para **309**.

261

Nenhum objeto que você tenha serve para qualquer coisa nesta situação. O órgão continua tocando, horrivelmente, e você perde 2 pontos de ENERGIA por causa das mordidas de ratos antes de correr para a porta norte. Vá para 335.

262

Você abre a tampa do sarcófago. Dentro, há um esqueleto comum, mas também há uma garrafa de bronze ornamentada, e o selo em torno da tampa parece intacto. Você pode inspecionar o conteúdo desta garrafa a abrindo (se o fizer, vá para 306). Se quiser sair, pode entrar na tumba do Chanceler à frente se já não o tiver feito (vá para 359) ou seguir a leste pelo corredor, para a junção em T (vá para 230).

263

A conjuradora maligna sorri e puxa uma adaga afiada, com sua lâmina azul e cristalina em um cabo de prata.

Ela é muito ágil e rápida e se esquiva de seus golpes. Não será fácil derrotá-la.

BAOBHAN SITH   HABILIDADE 9   ENERGIA 9

Se vencer, pode vasculhar o lugar; vá para **324**.

264

Role um dado e adicione 4. Se o resultado for menor ou igual à sua Fé, vá para **343**. Se o resultado for maior, vá para **381**.

265

Você deve enfrentar os dois zumbis um de cada vez; enfrente o primeiro e, se sobreviver, o segundo.

	HABILIDADE	ENERGIA
Primeiro ZUMBI	6	5
Segundo ZUMBI	7	7

Se vencer, você segue para a escadaria: vá para **311**.

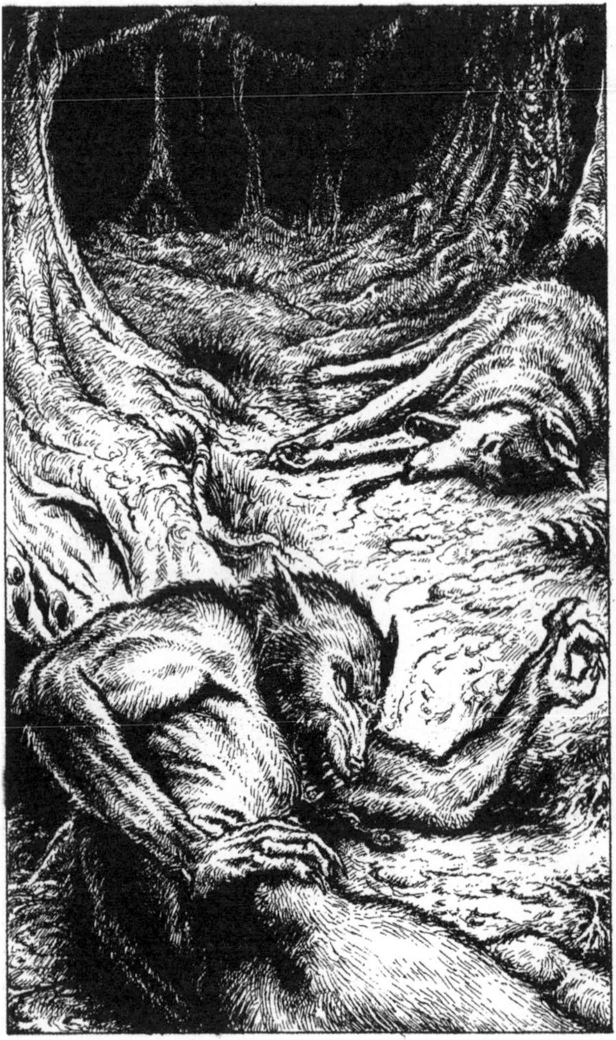

266

Você sente um estranho veneno da mordida do lobo maior o afetando. Com horror, você olha para o corpo peludo e vê que ele está mudando, na morte, para uma forma meio humana! Isso não era um lobo, era um lobisomem, e você foi mordido por ele! Registre *licantropia* na caixa de *moléstias* em sua *ficha de aventura*. Você não sabe quanto tempo levará para que isso o afete, mas é melhor se apressar em sua missão e buscar ajuda ou um remédio! Vá para **314**.

267

Você abre a porta e olha para uma sala grande e escura e, então, pega uma tocha do corredor para acender uma lamparina aqui e olhar em volta. Em um bloco de mármore negro, envolto em toalhas de seda pretas e escarlate, está um caixão de madeira preta. Seu coração bate rapidamente quando você avança sobre ele, mas a ameaça não está dentro dele — e sim à sua volta! Ficando mais espessa e girando no ar está uma névoa rósea e esfumaçada, que parte para cima de você com tentáculos semissólidos, tentando estrangulá-lo! Você não consegue enxergar para escapar, então deve enfrentar esta estranha entidade. Você tem uma espada mágica? Se tiver, vá para **42**. Se não, vá para **245**.

268

A primeira mordida do Conde pegou de raspão e deixou um ferimento superficial, mas, desta vez, suas presas afiadas penetram fundo. A dor parece passar direto por você, até sua espinha, e você grita e cai no chão. Enrolando sua capa em si mesmo, o Conde começa a se alimentar. Você esteve tão perto do sucesso, mas sua missão falhou!

269

Olhando para a garota que dorme, você tentará:

Acordá-la?	Vá para **301**
Vasculhar a sala?	Vá para **368**
Sair daqui e retornar à porta norte no salão de entrada?	Vá para **101**

270

Você não encontra nada mais digno de nota, então sai. Agora pode tentar a porta a leste descendo o corredor (vá para **227**) ou a porta a sul no final do mesmo corredor (vá para **319**).

271

Você abre o cofre do Conde. Dentro, encontra uma pilha de notas de crédito, todas elas com a assinatura de Reiner Heydrich, mas não têm valor para você, que azar! Vasculhando entre os papéis, você põe as mãos em uma chave grande e preta de ferro — a chave da cripta onde o vampiro maligno fica! Adicione a chave da cripta à sua *ficha de aventura*. Agora, role um dado e adicione 3 ao número rolado. Se o resultado for menor ou igual à sua FÉ, vá para **98**. Se o resultado for maior, vá para **46**.

272

Esse ser demoníaco mira seu pescoço e você esquiva, jogando-se para o lado; porém, a porta da carruagem se abre e você cai para fora. Perca 2 pontos de ENERGIA por ter caído rolando, com a risada da figura fantasmagórica na distância ressoando em seus ouvidos. Agora, *Teste sua Sorte*. Se for *sortudo*, vá para **24**. Se for *azarado*, vá para **370**.

273

Raio de Jandor é uma magia poderosa que cria um raio brilhante de energia que causa 6 pontos de dano à ENERGIA de qualquer criatura morta-viva uma vez. Você pode usá-lo a qualquer momento durante um combate. Volte para **102**.

274

O Conde tentou lançar seu encantamento vampírico em você, mas falhou em sua dominação mental e agora você pode lutar livremente! Você:

Investe contra ele e o golpeia com sua espada?	Vá para 26
Joga água benta nele, se tiver?	Vá para 216
Lança uma magia, se puder?	Vá para 158
Pega um item de sua mochila?	Vá para 17

275

Os zumbis partem para cima de você, armados com facas e cutelos! Porém, eles são lentos e você provavelmente conseguirá escapar se quiser. Você tentará evitá-los recuando e batendo a porta (vá para 347) ou ficará na porta e lutará (vá para 81)?

276

Katarina dá um belo sorriso para você e seus olhos felinos brilham. Você percebe que ela está tentando controlá-lo, como fez antes; já que ela já foi bem-sucedida uma vez, será mais difícil para você resistir desta vez! Role um dado e adicione 6 ao número rolado. Se o total for menor ou igual à sua Fé, vá para **343**. Se o total for maior, vá para **381**.

277

Caminhando perigosamente pela trilha traiçoeira, você torce seu tornozelo em uma raiz de árvore saliente que se projeta do chão; deduza 1 ponto de Energia. Você chega ao topo do monte sem outros acidentes; vá para **362**.

278

Com toda a precisão, a gosma golpeia seu pescoço vulnerável, reabrindo o ferimento, e sangue começa a sair dele. Perca 1 ponto de Energia por sangramento em todas as *rodadas de ataque* até que este combate esteja terminado! Vá para **239**.

279

Quando você cruza a sala, um dos ratos esculpidos em pedra ganha vida e morde seu calcanhar! Perca 1 ponto de Energia; quando você se vira para golpeá-lo, ele já se foi! Você cruza a sala e abre a porta; vá para **341**.

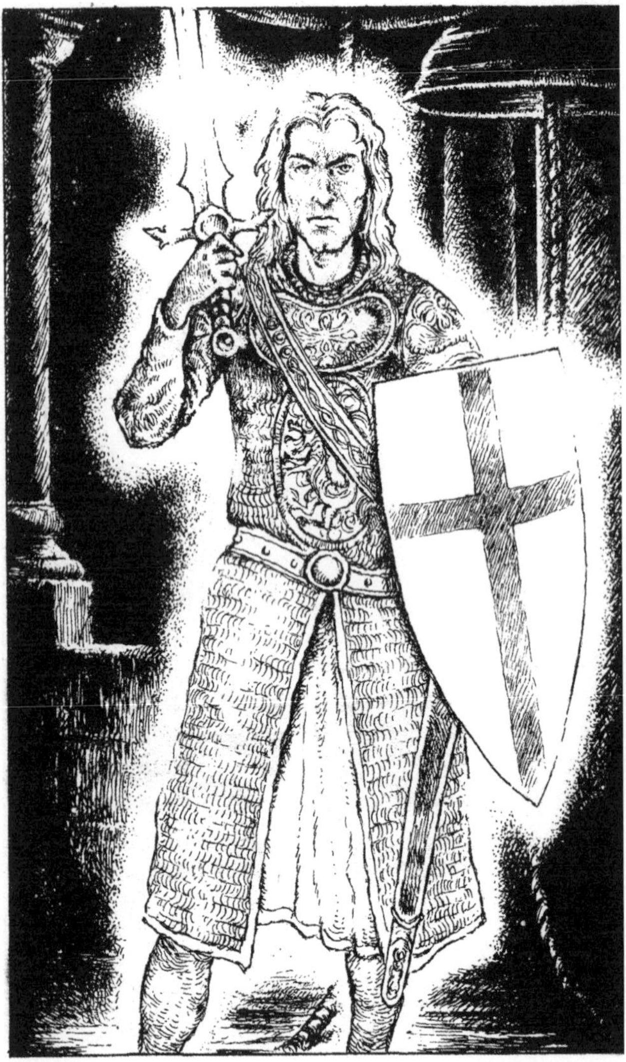

280

O badalo atinge o sino de prata sem nenhum som e um choque repentino atravessa seu corpo. Você se sente zonzo e trôpego; uma figura majestosa está de pé, radiante, à sua frente. Vestindo uma cota de malha brilhante, com um escudo do mais puro branco ornado com uma grande cruz vermelha e segurando uma magnífica espada longa, a alma de Siegfried Heydrich, antigo Conde do castelo em épocas mais felizes está ali. Ele tem um pouco mais de dois metros de altura, e seus cabelos loiros e esvoaçantes emolduram sua face nobre, lisa e sem defeitos.

A aparição fala. "Purifique esse lugar da vergonha e do horror, bravo guerreiro. Meu irmão me assassinou traiçoeiramente, e eu lhe solicito que restaure nosso bom nome e liberte as pessoas das garras de Reiner. Neste lugar ele ocultou minha armadura, meu escudo e minha boa espada, Estrela Noturna. Eu não sei onde estão, mas sei que uma lâmina mágica menor, a de meu fiel vassalo Mikhail, está oculta abaixo desta torre; ela será encontrada em uma câmara secreta abaixo de um alçapão escondido na base. Agora vá, meu amigo, e destrua o terrível mal deste castelo!" E então o fantasma some. Vá para 337.

281

Katarina o olha, revoltada. "Ela é minha! Preciso de seu sangue e do de outras garotas para continuar jovem!" Por um instante, você quase vê além da ilusão de sua juventude, olhando para os verdadeiros traços, envelhecidos e corruptos; então, ela o ataca! Você deve lutar; vá para 71.

282

A cozinha contém um bocado de boa comida — pão, biscoitos, queijos, frutas secas e outras coisas. Você pode conseguir muitos suprimentos aqui (adicione 6 às suas *provisões*). Agora, você está buscando ervas para um alquimista? Se estiver, vá para a referência com o mesmo número do vidro que ele lhe pediu para levar para ele. Se não, você sai daqui e retorna ao corredor principal. Agora você:

Abre a porta norte?	Vá para 332
Abre a porta oeste?	Vá para 221
Segue a passagem lateral a leste?	Vá para 353

283

Você bate e tranca a porta enquanto a armadura-guarda a golpeia com suas manoplas encouraçadas. Agora, você pode tentar a porta no lado leste da sacada mais próxima de você (vá para 302) ou a da ponta no extremo sul da sacada (vá para 244).

284

Sem uma arma mágica, você não tem chance de vencer o Conde; outras coisas como magias e água benta podem causar algum dano, mas não podem derrotá-lo. O Conde gradualmente o cansa com seus golpes até que ele finalmente crava suas presas em sua garganta quente e pulsante, rasgando sua pele e músculos e espirrando seu sangue no ar. Sua missão falhou.

285

Role dois dados e adicione 2 ao total. Se o resultado for menor ou igual à sua HABILIDADE, você consegue escapar; vá para **383**. Se o total for maior que sua HABILIDADE, você terá de lutar no fim das contas, então vá para **236**.

286

Você dá um golpe final em sua inimiga, mas ela desapareceu! Ela some perante os seus olhos, deixando para trás somente um resto de riso fantasmagórico. Obviamente ela usou alguma magia para escapar.

Você faz somente uma busca muito breve aqui, sabendo que ela pode retornar de forma tão surpreendente quanto saiu. Você pega ornamentos de ouro e joias no valor de 7 peças de ouro (adicione ao seu *tesouro*) e também descobre em uma mesa uma poção mágica de cura, que leva (adicione à sua *ficha de aventura*). Esta poção pode ser bebida a qualquer momento, exceto em combate, e restaurará 4 pontos de ENERGIA. Agora, você sai e retorna ao corredor, seguindo-o para o sul; vá para **31**.

287
Quando você abre a tampa de cristal do caixão, um choque elétrico formigante passa por seu braço e o derruba; perca 3 pontos de ENERGIA. Vá para **229**.

288
Role um dado. Se o número rolado for 1, vá para **151**. Se o número rolado for 6, vá para **322**. Se rolar qualquer outro número, vá para **202**.

289
Após algum tempo, os ratos se afastam para seu lar — seja onde for. Você volta para a sacada e segue para a porta na ponta sul dela. Vá para **244**.

290

Role um dado. Se rolar 1 – 4, os golpes da aparição drenaram 1 ponto de HABILIDADE seu. Somente se você rolar 5 ou 6 é que terá tido a sorte necessária para evitar isso. Além disto, sua intuição lhe diz que deve haver criaturas mortas-vivas ainda piores que você ainda não encontrou! Vá para **316**.

291

Você conta a Lothar sobre Katarina e sua natureza maligna, e ele não parece nem um pouco surpreso. Com um olhar sério, ele diz que lhe informará sobre os Heydrichs e como você pode se tornar capaz de vencê-los; vá para **196**.

292

Você tem uma espada mágica? Se tiver, vá para **388**. Se não tiver, vá para **340**.

293

Os olhos brilhantes e verdes de Katarina te encaram; ela está tentando o mesmo truque que Reiner usou! Vá para **264**.

294

Abrindo a porta a oeste, você vê um corredor que se estende para oeste à sua frente. Ele é bem iluminado, e um tapete escarlate grosso segue ao longo do centro do chão ladrilhado. Há uma porta próxima a você na parede norte e outra um pouco mais além; você também pode ver que há uma porta diante de você na outra ponta do corredor, e que o corredor também vira para o sul naquele ponto. Você:

Fecha esta porta e abre a porta a sul no patamar, se já não o tiver feito?	Vá para **131**
Abre a porta a norte mais perto de você?	Vá para **182**
Abre a segunda porta a norte?	Vá para **267**
Abre a porta a oeste diante de você?	Vá para **34**
Segue o corredor para o sul?	Vá para **31**

Você agora está enfrentando um urso marrom grande e agressivo. Você tem uma rodada de ataque para enfrentar este animal antes de sua dona, uma jovem ocupada sacando sua espada, entre na briga. Depois, você terá de enfrentá-los juntos. Para cada rodada de ataque, role dois dados para todos os três; o combatente com a maior força de ataque será aquele que acertará o golpe efetivo e que causará o dano. O urso protege a dona, e você precisa matar o animal antes de causar qualquer dano a ela.

	Habilidade	Energia
URSO MARROM	7	8
PATRULHEIRA DA FLORESTA	10	9

Se vencer, vá para **393**.

296

Logo antes de chegar ao patamar, você chega a uma porta fechada no lado norte da passagem. De trás dela, escuta um ruído breve, algum tipo de som de alguns estalos surdos. Você abre a porta aqui e investiga (vá para **241** se o fizer) ou a ignora e vai direto ao patamar (vá para **191**)?

297

Pelos surgem em seu rosto, suas mãos e seu corpo, e você sente dentes caninos crescendo em seu maxilar, causando muita dor. Perca 3 pontos de ENERGIA. Agora você tem a moléstia da *licantropia grave*; e precisa de ajuda rápido! Vá para **154**.

298

A criatura morta-viva e antiga tem uma maldade elemental e um ódio permanente de todas as criaturas viventes que não será afetado por sua Fé, e lutará até o fim!

ESPECTRO   HABILIDADE 10   ENERGIA 14

Se vencer, você sai e segue para a cripta, mas, primeiro, precisa rolar um dado. Se rolar um 6, vá para **389**. Se rolar qualquer outro número, vá para **354**.

299

O que usará? Se tiver um deles, tentará o alho (vá para **349**) ou o amuleto do Conde (vá para **398**) para manter os lobos afastados, ou tentará dar comida para eles (vá para **39**)?

300

Você não encontra nada digno de nota, então retorna ao corredor. Agora, pode abrir a porta na ponta leste dele (vá para **351**) ou segui-lo para o sul (vá para **166**).

301

Você tenta dizer algo, até sacode a moça, mas ela não acorda. Você pode tentar o velho e bom método de tentar acordá-la com um beijo (vá para **327**), ignorá-la e continuar sua busca pela sala (vá para **368**) ou sair da área, voltar ao salão de entrada e abrir a porta a norte lá (vá para **101**).

302

Você encontra a fechadura, a chave desliza facilmente e a porta se abre. O lado de dentro é bem iluminado: há tapetes no chão, bancos longos e, no lado a leste, um grande órgão de tubos, com seus lados ocultos por cortinas roxas e pretas. Castiçais de prata pesados — dúzias deles — estão ao lado do órgão. Você também vê uma porta na parede norte; quando entra para investigá-la, o órgão começa a fazer um som terrível, mesmo sem ter quem o toque! Enquanto você se pergunta o que está havendo, um ruído de patas correndo e arranhões começa, e você vê que a sala de dança lá fora está apinhada de ratos pretos, coisas nojentas com dentes afiados e terríveis que, dizem, carregam a praga — e eles estão vindo em sua direção! Você:

Fecha a porta e fica dentro da sala do órgão?	Vá para **391**
Corre para a porta a norte nesta sala?	Vá para **335**
Tenta silenciar o órgão de algum jeito?	Vá para **37**
Sai desta sala e tenta correr para a porta na ponta sul da sacada?	Vá para **171**

303

O Sábio parece muito sério e diz que não é desejável ir lá para baixo. O Conde mantém prisioneiros na cripta, e ela é protegida por armadilhas e por um monstro encantado particularmente horrível feito de ossos. "Em qualquer caso, está trancada, e o Conde guarda a chave em seus aposentos; a tranca é mágica e somente a chave lhe dará a entrada. É uma grande chave de ferro. Eu já vi o Conde a carregando — mas, como eu digo, realmente não é desejável ir lá para baixo. Não mesmo!" Volte para **75**.

304

Você também tem um crucifixo ou o Escudo da Fé? Se tiver pelo menos um destes dois itens, vá para **104**. Se não tiver nenhum dos dois itens, vá para **74**.

305

Você atravessa o local e chega a um salão, com tapetes luxuosos e importados com desenhos intricados, cadeiras suntuosamente confortáveis, mesas com talheres e sedas. Há três quadros com molduras folheadas a ouro na parede a leste, e você decide ir vê-las. Uma mostra um homem alto e bonito com cabelos pretos que terminam em um bico de viúva na testa e profundos olhos verdes; a placa abaixo dele diz: "Conde Reiner Heydrich". O segundo quadro mostra uma jovem muito atraente, com cabelos longos e encaracolados e os mesmos olhos verdes incisivos; ela veste um vestido negro esvoaçante e joias de esmeraldas. A placa abaixo desta pintura diz "Katarina Heydrich". A terceira pintura não tem placa e foi desfigurada, embora você possa ver que já mostrou um homem loiro, de rosto liso e excepcionalmente alto. Você tem uma espada mágica? Se tiver, vá para **355**. Se não, vá para **49**.

306

Dentro da garrafa há um conhaque bem envelhecido, com poderes de restauração magníficos. Se for bebido, 4 pontos de Energia perdidos podem ser recuperados. Você pode beber agora ou ficar com ela para mais tarde (se ficar com ela, adicione à sua *ficha de aventura*; você pode beber a qualquer momento, exceto durante um combate). Boris pode ter sido um beberrão, mas sabia reconhecer um bom jeito de se revigorar, e você ficará feliz em beber à sua memória! Agora você pode abrir a tumba do Chanceler, se já não o tiver feito (vá para **359**) ou seguir para a junção em T ao longo do corredor (vá para **230**).

307

Você abre a porta e entra em algum tipo de santuário; a sala não é iluminada, e você precisa de uma fonte de luz para enxergar. Há tecidos brancos e amarelos em mesas, enfeites de parede decorando a sala, pequenos banquinhos e uma mesa de escrever. Também há um livro em uma cadeira, que atrai sua atenção, então você o pega. É uma história sobre as vidas de alguns homens santos e curandeiros famosos, e tem uma assinatura na folha de rosto, a de Gunthar Heydrich. Você pode levar este livro consigo se quiser (se o fizer, adicione o Livro de Curandeiros à sua *ficha de aventura*).

Há um buraco para espionar na parede a oeste, e você sobe em um banco para olhar por ele. Mais além, você vê uma câmara vazia com um par de zumbis parados de guarda, segurando temíveis alabardas. Atrás deles há uma porta entreaberta que leva para uma câmara vazia com degraus de pedra que sobem. Não parece haver qualquer meio de entrar na Câmara dos Zumbis daqui, então você sai e segue para a porta na ponta da passagem lateral a leste lá fora; vá para **258**.

308

Quando a gosma o atinge, uma bolha da massa viscosa espirra em seu corpo. Quando esse limo pinga em você, seu corpo começa a mudar de forma e pelos finos e pretos nascem nele. Sua armadura e mochila caem quando seus braços viram asas coriáceas. Guinchando, você voa para a porta e espera a chegada de seu novo mestre! Sua aventura caba aqui.

309

Role um dado e então adicione 1 ao número rolado. Este é o número de vezes em que o lobo o morde antes que você consiga forçar a porta e chegar até a borda da água, e você perde 2 pontos de ENERGIA por mordida. Se estas mordidas reduzirem sua ENERGIA a zero ou menos, você está morto e sua aventura acabou.

Se ainda estiver vivo, você corre para o rio em pânico. O lobo para no limite da água, uivando de frustração; quando você olha para trás, o lobo vira primeiro uma nuvem de gás amarelado e depois um morcego gigante que voa para o castelo Heydrich! Não há sinal do gnomo. Agora você pode entrar no barco e cruzar o rio (vá para **138**) ou continuar a atravessar o rio a pé (vá para **187**).

310

O espectro cobre suas costas de golpes, o que o atrasa e diminui sua velocidade; você cai no chão de pedra sob o peso desses golpes, e o monstro morto-vivo drena o resto de sua força vital. Sua missão acaba aqui.

311

As escadas terminam em um patamar, onde você chega a uma porta de madeira negra adornada com runas gravadas com prata. Quando você tenta abri-la, a maçaneta vira uma garra e segura seu pulso. "Saia deste lugar", a porta entoa alto, "você não pode entrar aqui". A garra solta sua mão. Uma porta falante! Você pode tentar atravessá-la (vá para **342**) ou desistir e voltar para o pátio (vá para **380**).

312

Algo o incomoda sobre o tamanho da sala onde se encontra. Deve ser perto do quarto de Gunthar. Você sabe onde os aposentos de Lothar ficam, e... há uma sala faltando na área, se seu palpite estiver certo. Olhando a parede a oeste com muito cuidado, você tem certeza; há uma porta secreta, que abre e usa a lanterna para ver pela escuridão. A sala simples contém somente um caixão de pinho. Você entra e o derruba, quebrando a madeira com o punho de sua espada e espalhando a terra preta dentro dele sobre o chão. Registre na caixa de *notas* em sua *ficha de aventura* que destruiu um dos caixões de Reiner Heydrich, e ganhe 1 ponto de Fé! Vá para **289**.

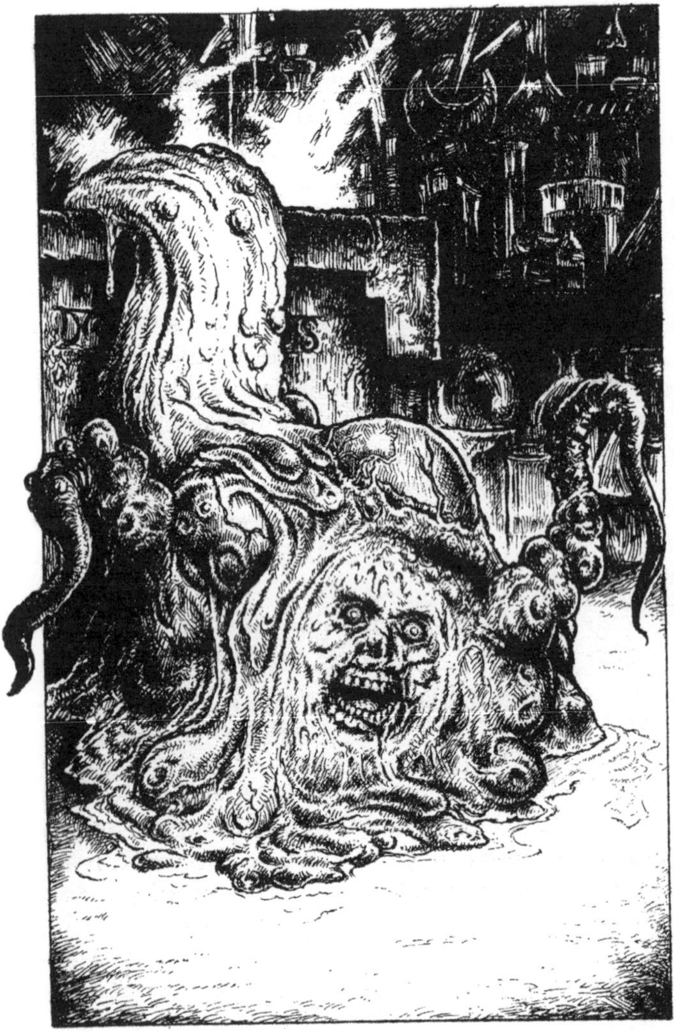

313

Você olha em volta, procurando qualquer coisa que possa ter valor, mas, enquanto vasculha as estantes, escuta um estranho som borbulhante e pulsante às suas costas. Virando-se, vê uma monstruosidade amarelo-esverdeada repulsiva, que desliza do sarcófago e bloqueia seu caminho para a porta. O mais horrível de tudo é que, dentro de todo esse lodo disforme e nojento, você vê algo que talvez seja os restos de uma face humana. A coisa desliza para você, estendendo seus pseudópodes que parecem membros para alcançá-lo. Você deve enfrentar este horror!

GOSMA NECRÓTICA   HABILIDADE 7   ENERGIA 9

Se a Gosma Necrótica o ferir, vá imediatamente para 367. Se derrotar o horror, vá para 184.

314

Antes de prosseguir, você nota que o lobo maior tem um brilho de ouro em seu pescoço: uma corrente dourada e um pequeno pingente, que tem um desenho esculpido nele: parece o que você se lembra de ver brevemente na carruagem. Deve ser o brasão dos Heydrich ou algo parecido. Você pode levar o Amuleto do Conde consigo se quiser (se o levar, adicione ao seu *tesouro*); ele tem um bom preço: 3 peças de ouro. Você segue em sua jornada até o castelo sem outros incidentes, vá para **362**.

315

Quando você destranca a porta, uma lâmina pequena e afiada sai do batente e por pouco não inflige um ferimento bem desagradável na sua mão. Ganhe 1 ponto de SORTE por esta boa fortuna. Você abre a porta; vá para **382**.

316

Você sobe as escadas de madeira estreitas e íngremes até chegar a um patamar diante de uma porta de madeira com barras e decorada com grifos em âmbar e prata. Algo arranha o outro lado da porta. Há um odor de morte claramente desagradável aqui. Você pode criar coragem e abrir a porta (vá para **390**) ou recuar para baixo, voltar e abrir a porta a norte na entrada (vá para **101**).

317

Se tiver o Livro dos Curandeiros, você decide mostrá-lo a Gunthar. Se você tiver uma moléstia, Gunthar o ajudará com ela em troca da devolução do livro, então vá para **375**. Se você não tiver uma moléstia, Gunthar ainda o recompensará pela devolução desse livro, então vá para **235**. Se não tiver este livro, mas tiver o Livro das Espadas, vá para a referência com o mesmo número da página mágica naquele livro.

318

O Alquimista diz que preparará uma poção para você que será útil, mas quer 8 peças de ouro para pagar pelos ingredientes (moedas ou outros *tesouro*s que valham 8 peças de ouro). Se tiver as 8 peças de ouro (ou o equivalente) e se dispuser a pagar, vá para **79**. Se não tiver 8 peças de ouro, mas tiver algum *tesouro* e quiser a poção, vá para **36**. Se não tiver *tesouro* ou não estiver disposto a pagar, você sai pela porta a oeste; vá para **373**.

319

A porta grande aqui está trancada. Você tem as Chaves do Guardião? Se tiver, vá para **87**. Se não tiver, você não abre a porta, então desiste e tenta a porta a leste próxima; vá para 227.

320
De volta ao corredor, você:

Abre a porta a norte ao longo do corredor?	Vá para 267
Abre a porta a oeste ao longo do corredor?	Vá para 34
Segue o corredor para o sul?	Vá para 31

321
A criatura espectral parte para cima, mas as mãos dela não chegam a seu pescoço e ela rosna em frustração. Sua Fé o protegeu de seu ataque! Ele enrola a capa em si mesmo e simplesmente some! Aumente sua Fé em 1 ponto.

Você continua sua jornada em segurança até que a carruagem para ao pé de um monte e você desce; a carruagem parte para as pesadas névoas e rapidamente sai de sua vista. Vá para 362.

322
O jovem agarra uma cimitarra da parede e luta; ele é um espadachim melhor do que você esperava!

WILHELM HEYDRICH   Habilidade 8   Energia 7

Se vencer, você escolheu atacar Wilhelm? Se escolheu, vá para **379**. Se ele o atacou primeiro, vá para **21**.

323

A *Magia da Sorte* restaurará 3 pontos de Sorte perdidos quando você a lançar, o que você pode fazer a qualquer momento exceto durante um combate. Volte para **102**.

324

Se tiver a moléstia da *licantropia*, vá para **7**. Se tiver a moléstia da *licantropia grave*, vá para **386**. Se não tiver nenhuma delas, vá para **51**.

325

Quando você anda pela sala, um dos morcegos de pedra voa da parede e arranha seu rosto. Perca 2 pontos de ENERGIA. Você tenta revidar, mas a criatura mágica some! Você chega à porta e a abre; vá para **341**.

326

Você põe seus ombros contra os pesados portões de madeira, e eles se abrem com um rangido que deixa seus nervos à flor da pele. Você anda por uma pequena área de entrada e para um grande pátio. À sua frente, você observa grandes portas decoradas de bronze atravessando o pátio e depois da entrada para o que parece ser uma cripta de família. Também há duas portas a seu oeste e uma porta dobrando a esquina que abre para uma parte sul do edifício principal. Você:

Segue para as portas de bronze a norte?	Vá para **2**
Abre a porta no sul?	Vá para **18**
Abre a porta oeste superior?	Vá para **377**
Abre a porta oeste inferior?	Vá para **54**
Segue para a cripta?	Vá para **90**

327

Role um dado e adicione 5. Se o resultado for menor ou igual à sua Fé, vá para **62**. Se for maior, vá para **16**.

328

Tremendo, você abre uma veia e permite que sangue corra para o cálice. Quando o líquido escarlate pinga na vasilha, runas vermelhas brilham diante de seus olhos e parecem dançar em torno de sua borda.

Você fica alerta quando uma mão fria toca seu ombro. "Você quase desmaiou", diz Siegfried, "mas a magia está feita. Observe!" Ele aponta uma espada sem igual, que brilha com uma luz branca azulada, na mesa diante de você. Embora você tenha perdido ENERGIA ao dar seu sangue, ao pegar a Estrela Noturna, uma força entra em você e você recupera não somente a ENERGIA que perdeu, mas outros 4 pontos de ENERGIA também! A Estrela Noturna é uma espada mágica de poder considerável. Ao utilizá-la, você pode adicionar 1 ponto à sua HABILIDADE ao enfrentar qualquer criatura; porém, ao enfrentar um Vampiro, você pode adicionar 2 pontos à sua HABILIDADE. Estes bônus de HABILIDADE *permitem* que você supere sua HABILIDADE *inicial* e podem até aumentar sua HABILIDADE total para além de 12. Você também recebe 1 ponto de Fé e 2 pontos de SORTE por encontrar esse excelente prêmio. Vá para **82**.

329

Os olhos felinos de Katarina brilham com irritação. "Desgraçado insignificante", ela ralha, "eu pensei que fosse um guerreiro!" Você pode atacá-la (vá para **71**) ou mudar seu tom e concordar que gostaria de matar o irmão dela, no fim das contas (vá para **399**).

330

Entrando na câmara de uma grade posta no chão, surge uma figura esfumaçada e transparente, irradiando uma malignidade horrenda e fria — uma aparição! Role um dado e adicione 3. Se o resultado for menor ou igual à sua FÉ, vá para **44**. Se o resultado for maior, vá para **124**.

331

Os olhos de Katarina penetram na sua alma e seu olhar o deixa à mercê dela, incapaz de agir. "Você é impetuoso, mas não é um mau guerreiro e pode me servir para alguma coisa", ela sussurra suavemente. Você está encantado, impotente para resistir às suas sugestões. "Há um homem aqui que quero morto. Ele já foi meu servo, mas eu agora não confio nele, e será divertido para mim que você faça o serviço." Ela sorri para você e você sente que faria qualquer coisa que ela lhe pedisse. "Saia daqui, vá para sul e abra a segunda porta a leste. Mate o homem lá." Você sai como ordenado e abre a porta que ela especificou; vá para **227**.

332

Esta porta tem uma pequena tranca prateada. Você tem uma chave de prata? Se tiver, vá para a referência cujo número é o mesmo da chave. Se não tiver, você não pode abrir esta porta. Você pode voltar e abrir a porta oeste no corredor, se já não o tiver feito (vá para **221**) ou ir para a passagem lateral a leste (vá para **353**).

333

No final do corredor leste, logo antes de chegar ao patamar, está a sala onde você enfrentou o monstro; lá, você vê um baú. Está muito bem trancado e, com as Chaves do Guardião, você pode abri-lo. Porém, a tampa ainda não abre! Confuso, você olha com mais cuidado e nota uma placa prateada pequena com o que pode ser um código obscuro de algum tipo gravado. Vá para **123**.

334

A cobra agora está enroscada em suas pernas. Você sofre 1 ponto automático de dano a cada turno de ataque, independentemente de quem tem a maior *força de ataque* (deduza 1 ponto de sua ENERGIA a cada *rodada de ataque* até que este combate termine). Você também deve sofrer a penalidade extra de ter 2 pontos de HABILIDADE deduzidos devido a esta constrição, até matar a Serpente do Rio. Volte para **236** a fim de concluir a batalha.

335

Role um dado; se rolar 1—2, você é mordido uma vez; 3—4 será mordido duas vezes; 5—6 sofrerá três mordidas de ratos. Para cada mordida, reduza 1 ponto de Energia antes de ir à porta norte e a fechar atrás de si para manter os ratos afastados, se ainda estiver vivo! Vá para **361**.

336

A gaveta da mesa está trancada, embora você provavelmente consiga encontrar uma chave entre as Chaves do Guardião que a abra. Porém, quando você puxa a alça da gaveta, escuta um leve clique, como se pudesse ter algum tipo de armadilha na gaveta. Você:

Usa uma chave para destrancar esta gaveta?	Vá para **219**
Abre a primeira gaveta, se já não o tiver feito?	Vá para **392**
Abre o cofre?	Vá para **271**

337

Você desce as escadas com vigor e fé renovados; ganhe 1 ponto de Fé e 1 ponto de Sorte. Na base da torre do campanário você encontra o alçapão oculto e pega a espada que Siegfried descreveu. Adicione a espada mágica à sua *ficha de aventura*. Esta espada mágica não é poderosa. Ela não adiciona nada à sua HABILIDADE quando você a utiliza. Porém, há criaturas à espreita que só podem ser feridas com armas mágicas, então a espada é muito valiosa! Além disto, quando você ordena, ela brilha intensamente no escuro, então você não precisará utilizar sua lanterna de novo. Agora você retorna ao pátio, então vá para 380.

338

Você abre a porta para uma câmara iluminada por um globo perolado de luz mágica, que brilha suavemente sobre um caixão de quartzo-cristal que está em uma mesa mortuária magnificamente decorada. Dentro do caixão, você vê um homem. De uma altura extraordinária, mais de dois metros, e com cabelos loiros esvoaçantes, ele tem a pele lisa, traços finos e músculos poderosos; o corpo deve certamente estar embalsamado. Na mesa mortuária está um pequeno escudo ornamental com letras onde se lê, simplesmente, "Siegfried Heydrich".

Embora você não possa ver pertences no gigante loiro dentro de sua tumba, pode muito bem haver algo oculto dentro dela. Você:

Tenta abrir o caixão?	Vá para **384**
Espera um pouco para ver se algo acontece?	Vá para **229**
Sai e retorna para cima pela escadaria?	Vá para **224**

339

Você acerta um golpe mortal. Com um urro inumano, o corpo do Conde desaba e é lentamente transformado em uma nuvem de gás. Veja a caixa de *notas* em sua *ficha de aventura*. Você destruiu pelo menos dois dos caixões de Reiner Heydrich? Se tiver feito isto, vá para **19**. Se só destruiu um, ou nenhum, vá para **357**.

340

Você não pode enfrentar a Sombra sem uma espada mágica, então corre para as portas de bronze ao norte; a Sombra o golpeia uma vez pelas costas (perca 2 pontos de ENERGIA), mas não o segue. Volte para **2**.

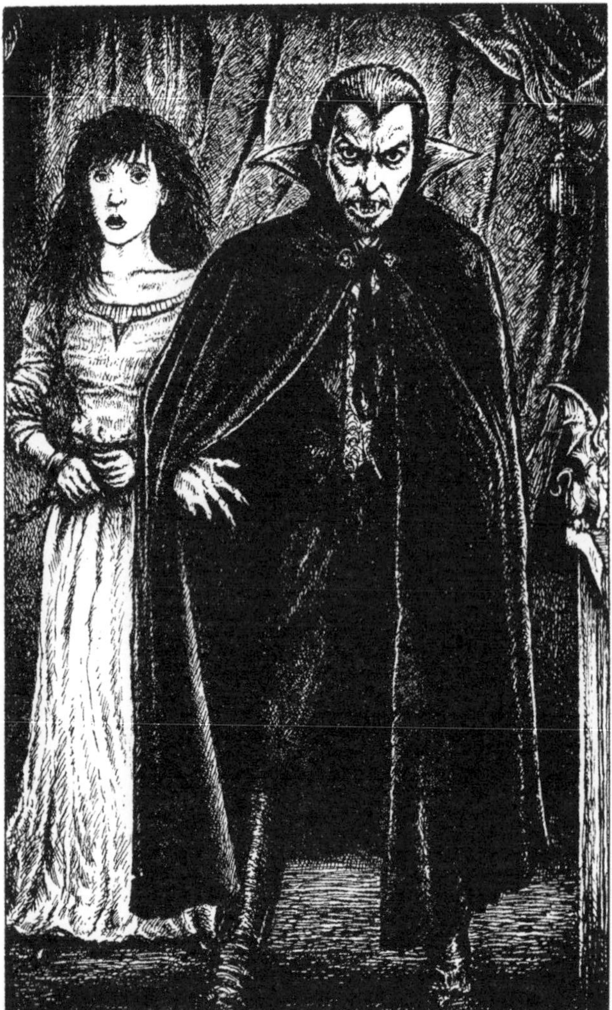

341

Você entra em uma câmara suntuosa, iluminada por lamparinas a óleo brilhantes com lentes de cristal vermelho. Tapeçarias pretas, escarlates e prateadas tampam as paredes e você não enxerga outras saídas. A sala é magnificamente mobiliada com móveis de teca e nogueira, e prataria e mármore brilham na luz suave. A uns seis metros está uma sacada suspensa no topo de escadas de mármore com corrimãos folheados a ouro, e lá está um homem de cabelos pretos com olhos brilhantes, enrolado em um manto do mais profundo negro e escarlate: o Conde! Atrás dele, você pode ver uma garota acorrentada, com suas madeixas longas e avermelhadas caídas sobre seus ombros nus, tentando, sem esperança, se livrar. Seu adorável rosto pálido se vira para você e ela grita por socorro. Porém, seus olhos estão fixos no terrível, maligno e carismático Conde; seus olhos verdes se iluminam enquanto ele o observa e abre a boca em antecipação. Role um dado e adicione 6 ao número rolado. Se o total for menor ou igual à sua Fé, vá para **274**. Se o total for maior, vá para **167**.

342

Você bate na porta com o pomelo de sua espada, para evitar danificar a lâmina. A porta revida o acertando com firmeza na cintura, valendo-se da maçaneta de metal! Em um dado momento, você quebra a porta, mas precisa sofrer algum dano no processo. Role um dado; o número rolado é o número de pontos de ENERGIA que você perde antes de conseguir derrubar a porta. Mais além, as escadas continuam subindo e você vê o contorno fraco de uma torre de campanário. Você também consegue ouvir guinchos agudos e um farfalhar. Você pode continuar subindo (vá para 33) ou descer de volta para o pátio (vá para 380).

343

Você resiste à tentativa da mulher odiosa de te controlar e golpeia com sua espada, infligindo 2 pontos de dano na ENERGIA dela. Vá para **106** para continuar o combate.

344

Você grita que não quer causar problemas, mas a mulher já soltou uma flecha, que o acerta; perca 2 pontos de ENERGIA. Abaixando seu arco, ela gesticula para o urso, que rosna, mas não o ataca. Ela anda até você, se desculpando, e explica que é uma Patrulheira da Floresta cujo trabalho é proteger os bosques — e que não esperava que qualquer um andando sozinho à noite tivesse boas intenções! Ela enfaixa o ferimento leve que fez com a flecha.

Valderesse, a Patrulheira, é uma pessoa amistosa e disposta a ajudar; você lhe conta de sua missão para resgatar Nastassia das garras do Conde Heydrich. Ao escutar isto, ela fica bem séria. "O Conde é um homem muito maligno. Lobos vorazes e revoadas de morcegos infestam a terra em torno do castelo e o povo local diz que ele rouba mulheres jovens para serem suas escravas — ou pior. Mas nem sempre foi assim. Seu irmão, Siegfried, que foi Conde antes dele, esse sim era um homem decente e bom", mas ela interrompe a conversa ao escutar uma trovoada, e uma chuva forte começa a cair pelos galhos nus acima. "Venha, vou levá-lo para a barca!" Você vai com ela para o rio e, no caminho, ela lhe dá alguma comida para ajudá-lo em sua jornada; adicione 2 refeições às suas *provisões*. Vá para **13**.

345

Quando você se senta para conversar com Lothar, dores intensas atravessam seu corpo e você sofre convulsões e espasmos agonizantes. Perca 4 pontos de ENERGIA. Lothar agarra um frasco de sua mesa e consegue derramar algum líquido dourado em sua garganta. Tossindo e arfando, você lentamente recobra seus sentidos. "Você concordou em ajudá-la, não foi?", Lothar pergunta, infeliz, quando você se senta com a cabeça entre os joelhos. Você olha, envergonhado, e meneia a cabeça, concordando. "Bom, você pode não ter planejado seguir o plano, mas, se deu sua palavra livremente àquela bruxa, não pode quebrar seu juramento sem sofrer as consequências." Ele claramente está se perguntando o quanto pode confiar em você. Você diz que está aqui para acabar com o mal e ele parece acreditar na sua palavra; vá para **196**.

346
Você avança sobre o Conde, torcendo por uma poderosa espadada inicial, enquanto lança a magia e golpeia. Porém, você causará o dano extra somente se tiver a maior *força de ataque* e acertar um golpe nesta *rodada de ataque*. Vá para **26**.

347
Role dois dados e adicione os valores. Se o total for menor ou igual à sua HABILIDADE, vá para **396**. Se o total for maior, vá para **190**.

348

Você revista os Zumbis, mas eles não têm nada de valor. Você atravessa a porta entreaberta na parede a leste e entra em outra câmara vazia. Aqui há uma escadaria de pedra que sobre e as paredes são iluminadas com tochas em seguradores. Você sobe os degraus e, quando chega ao topo, está de pé sob um facho de luar de uma pequena janela circular bem alto, na parede ao norte. Se tiver a moléstia da *licantropia*, vá para **297**. Se tiver a moléstia da *licantropia grave*, vá para **204**. Se não tiver nenhuma delas, vá para **154**.

349

Alho não mantém lobos afastados! Sua ideia lhe rende uma mordida por ter ficado agitando a erva na frente deles; reduza 2 pontos de sua Energia. Agora você tem de lutar, então vá para **103**.

350

Você sussurra o nome de Siegfried e as molas da arca se abrem. Dentro, está uma armadura de cota de malha prateada magnífica e brilhante. Você rapidamente tira sua própria armadura de couro e veste esta proteção superior; sua aparente ausência de peso lhe diz que ela é mágica! Ganhe 1 ponto de Fé e 1 ponto de Sorte por esta excelente descoberta. A cota de malha aumenta sua Habilidade em 1 ponto, mas somente durante combates. Ela pode aumentar sua Habilidade para além de seu nível *inicial* — e, se sua Habilidade atual era 12, sua Habilidade agora é igual a 13, com esta armadura mágica esplêndida! Feliz com seu prêmio, você parte em direção à cripta. Vá para **191**.

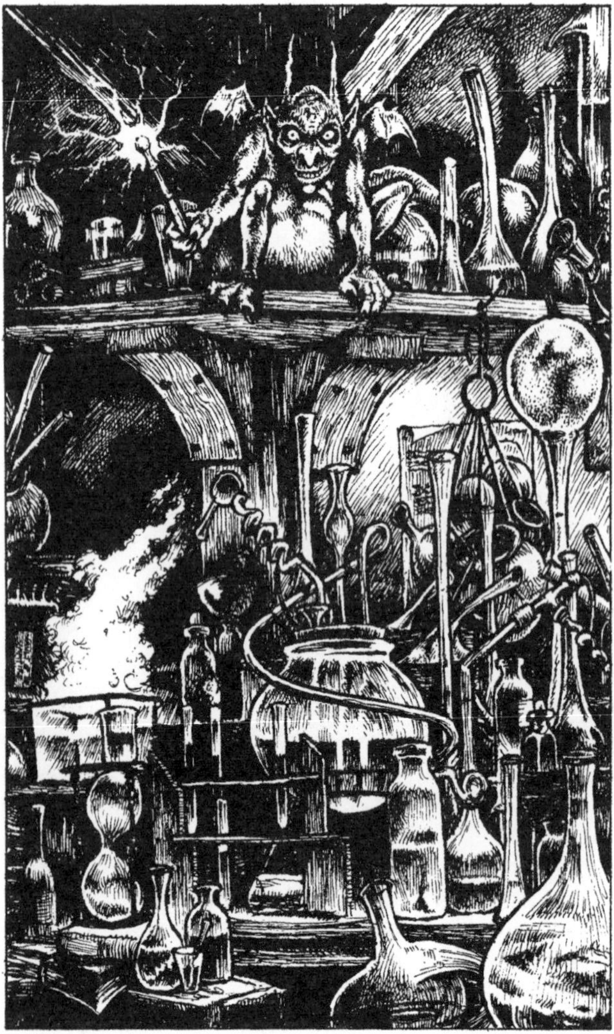

351

Abrindo a porta, você escuta ruídos borbulhantes e de espirros. Olhando cuidadosamente pela porta entreaberta, você vê um conjunto extraordinário de recipientes, vidros, receptáculos e instrumentos de bronze, ferro e vidro nas mesas e estantes. Lamparinas a óleo mantêm os recipientes com líquidos opacos e borbulhantes fervendo, e há um cheiro estranho, metálico e ácido. Um pequeno humanoide verde e alado o observa, sentado em uma estante na parede; ele está brincando com uma varinha de bronze que solta faíscas e crepita. Você pode tentar atacá-lo — seja lá o que ele for (vá para **366**) — ou tentar falar com ele (vá para **9**).

352

Gradualmente, a visão normal retorna para você e, pela luz das tochas no corredor, você enxerga nas sombras. O Thassaloss estava claramente guardando um baú de carvalho que está em cima de uma mesa de pinho em uma câmara, de resto, vazia. Infelizmente, o baú é bem trancado e protegido, e você não pode abri-lo. Você se sente frustrado e trapaceado, e toma nota de voltar aqui se encontrar quaisquer chaves que possam caber no baú! Vá para 320.

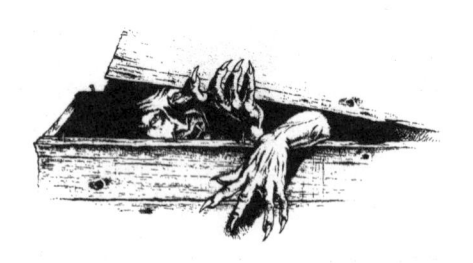

353

Após seguir mais uns três metros, você chega a uma porta no lado norte da passagem e o corredor mal iluminado e ladrilhado continua até uma porta na ponta. Você abre a porta norte (vá para 307) ou a porta mais à frente (vá para 258)?

354

A malignidade morta-viva do Espectro drenou muito de sua energia vital: deduza 1 ponto de sua HABILIDADE e, então, vá para 389.

355

Você reconhece o retrato desfigurado como sendo de Siegfried Heydrich, e sai da sala furioso com essa profanação. Você pode abrir a porta na junção dos corredores sul com o leste (vá para **351**) ou seguir o corredor sul (vá para **166**).

356

Quando você cruza a sala, uma das cabeças de lobo de pedra rosna para você e parece estar a ponto de pular da parede para atacá-lo, mas você escapa do guardião mágico e chega à porta oposta em segurança. Vá para **341**.

357

A nuvem de gás se move com velocidade inumana subindo as escadas para fora da cripta; saiu de sua vista muito rápido, por mais que você corra para persegui-la. O Conde fugiu para regenerar seu corpo descansando em um caixão secreto, e você não será capaz de encontrá-lo agora. Se já não o tiver feito, você agora desacorrenta Nastassia, que chora em soluços, e enrola algum tecido nela, para aquecê-la. Então, leva-a para os portões do castelo e, finalmente, volta a Leverhelven. Você resgatou a jovem, e o povo local está grato. Mas o Conde ainda conduz seu reino de terror e sua vitória é vazia.

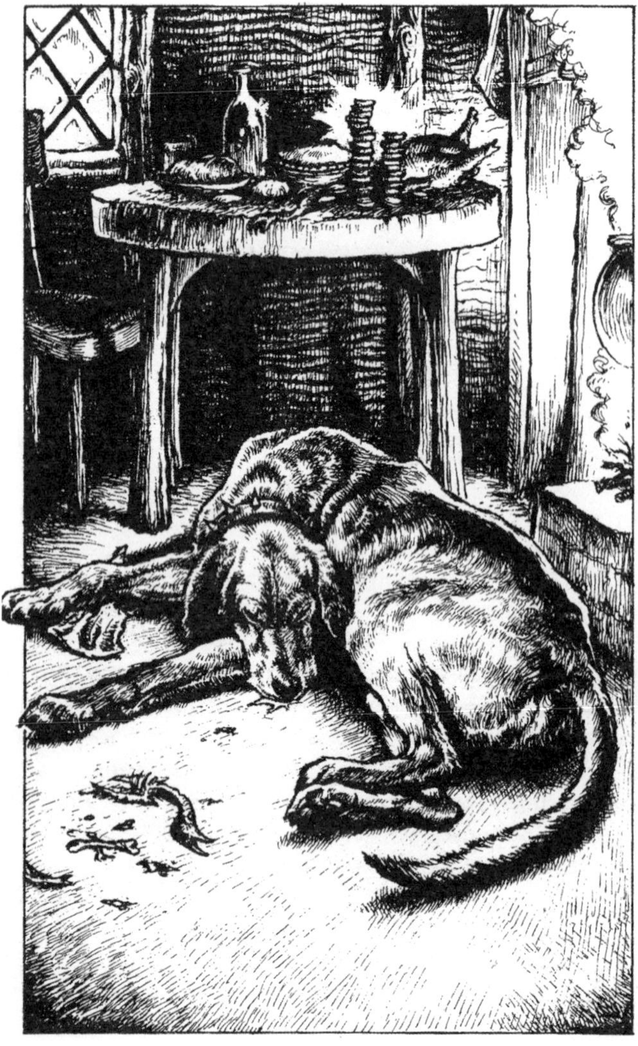

358

Você entra na cabana e a vasculha. No quarto do gnomo, você encontra um retrato de um homem sombrio e cadavérico, mas, sem dúvida, bonito; seus cabelos pretos penteados em um bico de viúva sobre sua testa e olhos de um penetrante verde-esmeralda, que quase parecem olhar para você. Ele tem um sorriso zombeteiro no rosto e, em seu manto negro com fundo vermelho, está um brasão, que é o mesmo que você notou na carruagem do Conde. Abaixo dele está uma placa, onde se lê, gravado, em letras rústicas, "Mestre". Foi boa ideia matar aquele gnomo maligno!

Passando pela cozinha, você vê o brilho de ouro na mesa e um suprimento generoso de comida de que você pode precisar em sua aventura. Também há um cachorro muito grande roncando diante de um fogão a lenha. Você:

Ataca o cachorro?	Vá para **40**
Tenta passar sorrateiramente pelo cachorro?	Vá para **89**
Sai e atravessa o rio a pé?	Vá para **187**
Sai e sobe no barco?	Vá para **138**

359

Você abre a porta e olha para uma cena horrível: o sarcófago de pedra nesta sala vazia foi quebrado e aberto, e uma *coisa* verde meio apodrecida, que pode uma vez ter sido humana, está agachada perto da porta, roendo um osso. Imediatamente ele pula, rosnando, para atacá-lo. Um cheiro horrível de carne em decomposição o nauseia e enfraquece. Você enfrentará esta criatura (vá para **122**) ou tentará sair e fechar a porta, trancando a coisa dentro (vá para **88**)?

360

O corvo é um inimigo perigoso e astuto. Ele sempre golpeia seu rosto, e você grita em agonia quando ele arranca um de seus olhos com o bico! Você perde 2 pontos de HABILIDADE; registre a *maldição do corvo* em sua *ficha de aventura*. A menos que consiga curar esta moléstia, você não poderá restaurar estes pontos de HABILIDADE perdidos! Cambaleando para fora, agarrando sua face que sangra, você segue para a porta no fim da passagem sul. Vá para **252**.

361

Você está em algum tipo de local de trabalho. Há ferramentas desconhecidas em mesas e escrivaninhas, prismas e lentes montados em anéis de ferro e pequenas caixas de sândalo e outras madeiras exóticas e aromáticas. Vasculhando, você deduz que pode ter sido o local de trabalho de um joalheiro; de fato, você encontra um pequeno broche de prata e ametista que vale 2 peças de ouro (adicione ao seu *tesouro*) e algumas barras de prata que, infelizmente, são pesadas demais para carregar. Os ratos ainda estão correndo lá fora, então você tem

tempo para fazer uma busca detalhada. Você tem sorte! Em uma gaveta secreta em uma mesa, você encontra um Anel de Regeneração mágico (adicione à sua *ficha de aventura*), que põe em seu dedo. O anel emite poder sempre que você dá o golpe mortal em uma batalha, e você recupera 2 pontos de ENERGIA. Porém, o anel *não* funciona *durante* um combate, só no final de um que você acabou de vencer!

Você já encontrou Gunthar Heydrich? Se não, vá para **289**. Se sim, role 2 dados e adicione 2 ao total. Se o resultado for menor ou igual à sua HABILIDADE, vá para **312**. Se o resultado for maior, vá para **289**.

362

Você segue até a base de uma trilha estreita que leva a uma subida íngreme e, de repente, sai da neblina para uma área completamente clara. Bem iluminado pelos três quartos de lua, está o imponente e sombrio castelo Heydrich! Você pode ir e entrar pelos portões da frente entreabertos (vá para **326**) ou andar em volta por fora para ver o que pode saber do lugar (vá para **50**).

363

Você se senta cuidadosamente ao lado de Katarina. Ela lhe oferece um pouco de um bom vinho e observa sua hesitação; rindo, ela bebe um pouco ela mesma para mostrar que não está envenenado. Ainda assim, você toma cuidado para só tomar um pouco dele! Então ela lhe faz uma pergunta um bocado surpreendente: "Você está aqui para matar Reiner?"

O que dirá para ela? Você:

Concorda que está aqui para matar Reiner Heydrich, irmão dela?	Vá para **399**
Nega que pretende matar o Conde?	Vá para **329**
Diz que está aqui para resgatar Nastassia, a aldeã?	Vá para **281**

364

Você olha para uma sala muito aconchegante que é claramente usada por quem comeu ou bebeu demais. Entre as cadeiras, bancos e almofadas, dois objetos chamam sua atenção. Primeiro, há um decantador com o que parece ser conhaque. Embora só haja duas medidas grandes sobrando no decantador, cada uma restaurará 4 pontos de ENERGIA perdidos. Você pode beber uma ou ambas agora, ou guardar o conhaque para depois (se o fizer, adicione à sua *ficha de aventura*, subtraindo uma medida quando consumir uma. Se ficar com o conhaque, pode bebê-lo a qualquer momento, exceto em combate). Também há uma pequena cortina em um canto da sala e, quando você a afasta, encontra um pequeno espelho de prata com um cabo em uma mesa. Se quiser levá-lo, adicione o Espelho de Prata à sua *ficha de aventura*.

Você se retira e volta para o corredor. Da porta a leste do lado oposto, você escuta um som de batida alto e um grito. Talvez algo tenha sido descoberto ou alguém tenha sido alertado! Você deve decidir abrir a porta a norte (vá para **332**) ou seguir para a passagem lateral a leste (vá para **353**).

365

O monstro o golpeia um número de vezes igual ao que você rolou no dado e, para cada golpe, você perde 2 pontos de ENERGIA. Se sobreviver a isso, você foge para a sacada com a chave da cripta e retorna à parte norte do castelo. Felizmente, o Espectro não entrará nesta área bem iluminada — mas, mesmo que ainda esteja vivo, perdeu 1 ponto de HABILIDADE devido ao dreno de vida do morto-vivo. Você corre pelo corredor para o patamar; vá para **389**.

366

A pequena criatura alada o golpeia com sua varinha mágica em miniatura. Sempre que ela o acerta, causa 3 pontos de dano em lugar dos 2 usuais!

HOMÚNCULO   Habilidade 9   Energia 5

Se vencer, vá para 57.

367

Se tiver a *maldição do morcego*, vá para 308. Se não tiver esta moléstia, mas tiver a *maldição do curandeiro*, vá para 278. Se não tiver nenhuma das duas, vá para 239.

368

Você começa a olhar em volta, em busca de alcovas, alçapões e outras coisas secretas — e dá as costas para a garota. Ela se levanta de seu local de repouso e você está prestes a ter uma surpresa bem desagradável. Vá para 62.

369

Lothar, o Guardião, olha horrorizado quando você avança para enfrentá-lo. Ele agarra sua espada larga e dará o seu melhor!

LOTHAR Habilidade 9 Energia 10

Se vencer, vá para **234**.

370

Você rola pela borda de um precipício e seu corpo cai em pedaços nas pedras do abismo abaixo. Você falhou completa e miseravelmente em sua missão! Sua aventura acaba aqui.

371

Você abre a grande porta negra a leste e entra em um corredor úmido no qual há uma sensação de malevolência quase palpável. Sua fonte de luz mostra alguns brilhos refletidos à frente. Você vê os ossos do guardião, que se movem rapidamente em sua direção. A enorme criatura esquelética de quatro braços — um Thassaloss Maior — carrega uma foice negra; órbitas grandes, verdes e brilhantes tremulam sobre a mandíbula de sorriso perpétuo e sem mente da caveira. Você pode lutar contra essa coisa (vá para **22**) ou, se puder, lançar uma magia nela (vá para **93**).

372

Você pode golpear o Vampiro com sua arma mágica e feri-lo. Ele não usa uma arma, e sim sua força inumana para bater em você e socá-lo com seus poderosos punhos, e arranhar seu rosto e braços. Com uma HABILIDADE maior que as limitações de um mero mortal, o Conde Reiner Heydrich é um inimigo realmente poderoso!

CONDE REINER
HEYDRICH   HABILIDADE 13   ENERGIA 21

Se a ENERGIA do Conde for reduzida a 4 pontos ou menos nesta luta, vá imediatamente para **28**. Tome nota não somente do valor de ENERGIA atual do Conde, mas também de sua HABILIDADE, já que você pode voltar a encontrá-lo!

373

De volta ao corredor, você pode abrir uma porta no lado oeste, em frente à sala do Alquimista, se já não o tiver feito (vá para **240**) ou ir para a ponta mais distante, no sul, da passagem e abrir a porta lá (vá para **252**).

374

Siegfried parece insatisfeito, e lhe diz que você precisa obter a espada. Se concordar, vá para **328**, mas deve ignorar quaisquer referências à sua ENERGIA, Fé ou SORTE naquela referência. Caso ainda recuse, vá para **259**.

375

Você dá o Livro dos Curandeiros a Gunthar, que fica feliz em tê-lo de volta. Reiner o roubou há alguns meses, e Gunthar não conseguia encontrá-lo sem que os espiões do Conde — seus ratos e morcegos — o seguissem. "Isso me ajudará no meu trabalho", diz ele, grato, "e eu vou ajudá-lo mesmo que Katarina de fato tente me punir por isso!" Ele lança uma magia de cura, que removerá uma moléstia qualquer que você tenha (se tiver mais de uma, pode escolher qual esta magia cura; apague a escolhida da caixa de *moléstias* em sua *ficha de aventura*). Agora, você pode sair e abrir a porta a oeste no patamar (vá para **294**) ou mostrar a Gunthar qualquer outro livro que tenha encontrado no castelo indo para a referência com o mesmo número da página mágica naquele livro.

376

Katarina olha para o livro que você carrega. "Talvez eu possa ajudar, no fim das contas", ela diz, pegando-o de você e o abrindo. Ela respira fundo quando chega à página mágica. "Sabe, esta é a espada de Siegfried", ela sussurra. "Reiner a aprisionou aqui. Ele tem muito medo dela, pois é uma das pouquíssimas coisas que podem realmente matá-lo. Eu poderia libertá-la e dá-la a você, mas você deve me fazer um favor em troca." Você assente com a cabeça; pelo menos pode escutar a proposta dela. "O Guardião, Lothar, está tramando contra mim. Quero que você o mate para mim. Então, anularei a magia que o guarda e lhe darei a espada." Você concordará em matar Lothar para ela (vá para **198**) ou se recusará a fazer isso (vá para **248**)?

377

Você abre as portas para um estábulo. Parece vazio, mas há um cheiro estranho aqui — o de lobos — e você pode escutar rosnados pela parede fina a sul, então decide não ir naquela direção! Agora você:

Entra e vasculha esta sala com cuidado?	Vá para **5**
Segue para a cripta?	Vá para **90**
Segue para as portas de bronze a norte, do outro lado do pátio?	Vá para **2**
Abre a porta a sul no pátio?	Vá para **18**

378

Você entra em uma biblioteca iluminada por um globo dourado. Há centenas de livros nas estantes, mas uma em particular está cheia de trabalhos sobre a história de Mortvania e da família Heydrich, e você pesquisa alguns deles rapidamente. Você lê sobre o tempo em que Siegfried era Conde e a terra florescia, até que ele desapareceu misteriosamente e Reiner se tornou o Conde. Desde aquele tempo, miséria e medo foram o destino das pessoas na vida. Parece que muitos Heydrichs foram tiranos cruéis e despóticos; sobre o tataravô de Reiner, Eckhart, você lê um pequeno texto: "o povo diz que ele é um Vampiro". No frontispício, lê-se, em uma escrita elegante e recurvada, "e eu agora atingi esse estado abençoado". Como a assinatura de Reiner Heydrich está na folha de rosto, você sabe o que isso significa!

Assim que sente que passou tempo demais, você encontra um pequeno livro sem título, com muitas ilustrações de armas. Uma página, cujo número é 188, tem um leve brilho mágico que chama sua atenção. A folha do livro revela um esboço belo e iluminado de uma espada coberta de runas e erguida ao céu por um braço bronzeado, poderoso e musculoso. Você pega este livro; adicione o Livro das Espadas à sua *ficha de aventura*, e anote o número da página mágica. Agora, você sai e busca na passagem lateral a leste as escadas que o levarão para o andar acima. Vá para **47**.

379

O pobre Wilhelm era um idiota incompetente que não queria lhe machucar. Por um ato tão cruel e maligno, perca 2 pontos de Fé e 2 pontos de Sorte. Vá para **21**.

380

De volta ao pátio principal, você pode investigar a cripta, se já não o tiver feito (vá para **90**) ou seguir para as portas principais a norte (vá para **2**).

381

O doce sorriso de Katarina o cativa completamente. "Você fez um excelente trabalho", ela sussura. "Agora eu sou a Condessa aqui". Você será um bom servo para sempre — ou pelo menos até que um guerreiro mais sortudo ou mais valente o mate, libertando-o de sua escravidão! Sua aventura termina aqui.

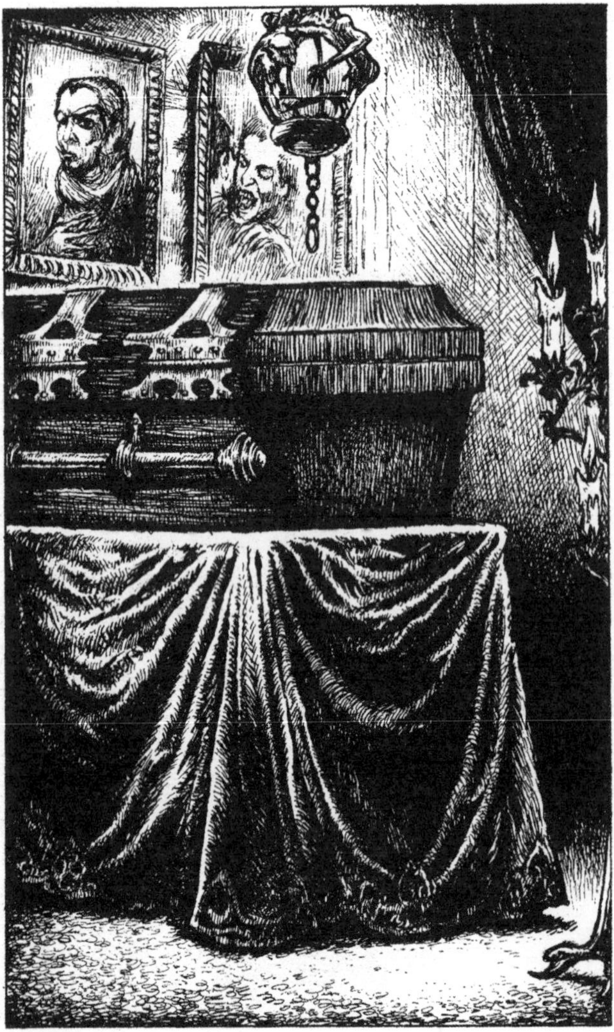

382

Você entra no quarto do Conde, um pesadelo de horror berrante. Um grande caixão de mogno com alças prateadas está no centro em uma mesa alta de madeira, cercado de cobertas pretas e escarlates. Nas paredes, tapeçarias e pinturas mostram os ancestrais do Conde, todos com o cabelo preto e o bico de viúva que indicam sua natureza vampírica. Alguns são mostrados descaradamente drenando o sangue de suas vítimas, e um até está do lado de um demônio de fogo! Parecem ameaçadores de se encarar. Andando pela sala, você também encontra um cofre trancado sob uma mesa, e uma escrivaninha com duas gavetas e uma pilha de papel velino organizada, com penas. Com medo, você vai até o caixão e o vira. A madeira se quebra, a tampa cai e uma terra preta se derrama no chão. Você quebra a tampa do caixão com o pomelo de sua espada. Registre na caixa de *notas* em sua *ficha de aventura* que destruiu um dos caixões de Reiner Heydrich e ganhe 1 ponto de Fé! Agora, você:

Abre o cofre?	Vá para **271**
Abre a primeira gaveta da mesa?	Vá para **392**
Abre a segunda gaveta da mesa?	Vá para **336**

383

Você parte pela trilha na outra margem do rio e anda pela névoa. Não há pássaros cantando e há poucos sinais de vida; o silêncio é quase assustador. Depois de algumas horas, você chega a uma pequena cabana de pedra em uma clareira; um leve filete de fumaça azulada sai devagar da chaminé. Olhando cuidadosamente pela porta entreaberta, você vê um homem, sentado e cochilando diante de um fogão. Ele está vestindo couros marrons e cinzas, e há uma faca longa e recurvada em suas mãos. Você vê pouca coisa além disso, embora possa sentir o cheiro bom de algo cozinhando!

Se não dormiu na cabana do gnomo, está ficando muito cansado agora, e *precisa* dormir aqui. Você pode atacar o homem, esperando ter a vantagem da surpresa (vá para 27) ou entrar e falar com ele (vá para 126). Se dormiu na cabana do gnomo, terá a opção extra de ignorar o homem e apenas seguir seu caminho (vá para 228).

384
Role um dado e adicione 5 ao número rolado. Se o total for menor ou igual à sua Fé, vá para 229. Se for maior, vá para 287.

385
Você faz uma descoberta de sorte: um pequeno amuleto de prata élfico em um terço. Ganhe 1 ponto de SORTE por tê-lo descoberto. Agora, você sai e pode tentar a porta a leste ao longo do corredor para o sul (vá para 227) ou a porta sul na ponta do mesmo corredor (vá para 319).

386
Você olha em volta e, de repente, um facho de luz da lua passa por uma janela na torre e o toca. Você muda de forma, rápida e dolorosamente, e uiva para a lua, virando seu focinho para ela! Você agora é um servo lobisomem do Conde, e sua aventura acaba aqui!

387
Uma nuvem de vapores verdes venenosos flutua de um pequeno frasco destruído dentro da gaveta. Você afasta sua cabeça rapidamente, mas ainda assim inalou um

pouco, e começa a ter convulsões incontroláveis. Você vê o Conde entrando no quarto e com um sorriso maligno. Por fim, você desmaia. Sua missão acaba aqui!

388
A sombra não é fácil de atingir, mas, com sua espada mágica, você pode pelo menos lhe causar dano.

SOMBRA   HABILIDADE 8   ENERGIA 6

Se vencer, pode investigar a porta para o sul, se já não o tiver feito (vá para **18**) ou verificar as portas de bronze a norte (vá para **2**).

389
Você segue o corredor a norte e então a leste, para as escadas que levam para baixo. Você enfrentou um Thassaloss Menor no castelo? Se sim, vá para **333**. Se não, vá para **296**.

390
Você abre a porta e olha para uma sala de teto baixo com alguns degraus estreitos de pedra visíveis do outro lado. Ossos e massas de carne e cartilagem sangrentas e aterrorizantes estão espalhadas pela sala, e o ocupante — um enorme carniçal — quer lhe incluir no cardápio de seu próximo banquete! Role um dado e adicione 4. Se o total for menor ou igual à sua FÉ, vá para **30**. Se o total for maior, vá para **70**.

391
Ratos se amontoam pelos buracos atrás de um dos adornos de parede e atacam. Perca 1 ponto de ENERGIA por causa de uma mordida de um espécime particularmente forte. Você tem de correr para a porta a norte daqui, então vá para **335**.

392

A primeira gaveta da escrivaninha está destrancada e você encontra um pequeno saco de couro com 4 peças de ouro (adicione ao seu *tesouro*). Agora você pode tentar abrir a segunda gaveta (vá para 336) ou abrir o cofre (vá para 271).

393

Você acabou de matar uma guardiã da floresta que, não sem razão, suspeitava de viajantes à noite — perca 2 pontos de Fé e 1 ponto de Sorte! Revistando o corpo, você encontra comida o suficiente para 4 refeições (adicione 4 às suas *provisões*) e 3 peças de ouro (adicione ao seu *tesouro*).

Quando você segue sua jornada, começa a chover e você fica molhado e com frio; perca 2 pontos de Energia. Porém, você finalmente chega ao rio e rapidamente encontra a cabana do barqueiro, com um pequeno barco atracado ali. Vá para 13.

394

"Não posso fazer nada sobre elas", diz o Sábio, suspirando, "mas você pode tentar o Gunthar. Ele diz que é curandeiro, então pode ser capaz de ajudar. Suba as escadas e atravesse a porta com a maçaneta de prata". Volte para 75.

395

A magia é inútil contra Katarina. Ela pode enfeitiçar as pessoas, mas não bebe sangue: ela não é uma vampira! Katarina o golpeia quando você termina de lançar a magia; perca 2 pontos de Energia. Volte para 106 para terminar o combate; se estiver usando a espada mágica Estrela Noturna, ganhará um bônus de somente 1 em sua Habilidade por utilizá-la.

396

Você bate a porta e decide sair rapidamente. Pode abrir a porta à sua frente na parede a oeste (vá para **221**), ir para a porta a norte na ponta da passagem (vá para **332**) ou descer a passagem lateral a leste (vá para **353**).

397

Você já encontrou Katarina Heydrich? Se encontrou e concordou em matar Lothar para ela, vá para **345**. Se encontrou e se recusou a fazer isso (ou a atacou) vá para **291**. Se não a tiver encontrado, vá para **247**.

398

Ao verem o amuleto, os lobos recuam e se afastam de você, ganindo. Não há nada interessante em seu canil, e você supõe que isto também se aplica ao que quer que esteja atrás das outras portas a oeste, que saem do pátio. Então, você:

Abre as portas de bronze a norte?	Vá para **2**
Se aproxima da cripta?	Vá para **90**
Abre a porta a sul?	Vá para **18**

399

"Excelente", diz a dama soturna. "Quando ele estiver morto, eu governarei este lugar como Condessa!". Você tem o Livro das Espadas? Se tiver, e desejar mostrá-lo a Katarina, vá para a referência que é *duas vezes* o número da página mágica no livro (por exemplo, se a página mágica for 70, vá para a referência **140**). Se não tiver este livro ou tiver e não quiser informá-la sobre ele, vá para **119**.

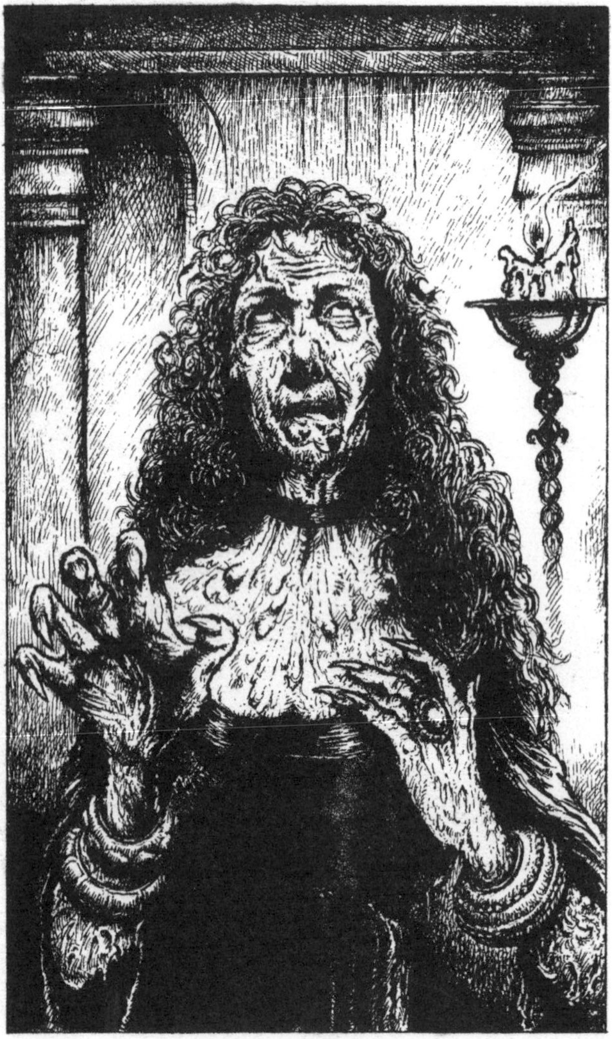

O corpo sem vida daquela que seria a governante do castelo Heydrich cai ao chão. Não há nenhum grito horripilante, como o berro de cortar a alma do Conde enviado para o inferno, mas simplesmente o sussurro engasgado de uma mulher maligna encontrando seu justo fim. Quando ela cai, sua aparência muda. A ilusão de sua juventude desaparece e uma velha carcomida pelo tempo jaz a seus pés. Nastassia dá um engasgo de horror e põe o rosto contra seu peito para não olhar. Você a envolve com seu braço e a leva lentamente escada acima, para fora deste lugar maligno. Virando ao sair da cripta, você vê o fantasma de Siegfried de pé, atrás de você, dando seu último adeus. *Finalmente posso descansar em paz*, você percebe nos sentimentos dele, e acena de volta enquanto ele faz um último gesto de bênção sobre um guerreiro tão bravo quanto, porém mais bem-sucedido do que ele foi. O castelo Heydrich foi purificado de seu mal ancestral e elemental por suas mãos. Você embainha sua espada e leva a garota de volta para casa, para a recepção de um herói, que merecidamente o aguarda.